광염 소나타

지은이 **김동인**

한국 근대 소설의 선구자.

심리주의 문학의 선구자로 평가받고 있다. 그는 자신의 경험과 심리적 탐구를 작품에 많이 반영하며, 인간의 복잡한 심리와 사회적 문제를 예리하게 분석하는 작가로 알려져 있다.

대표작으로는 「광염 소나타」, 「명문」, 「약한 자의 슬픔」, 「감자」, 「사기사」 등이 있다.

현대문학 짧은 이야기 11
광염 소나타

초판 1쇄 발행 2026년 2월 20일

지은이 김동인
펴낸이 백광석
펴낸곳 다온길

출판등록 2018년 10월 23일 제2018-000064호
전자우편 baik73@gmail.com

ISBN 979-11-6508-663-3 (03810)

광염 소나타

김동인 지음

다온길

서문

김동인의 소설이다.

짧은 이야기들을 모아 한 권으로 엮게 되었다.

김동인은 한국의 근대 소설가로, 근대적 문학 기법을 도입해 인간을 이상화하지 않는 사실주의적 소설로 잘 알려져 있다. 그는 일제강점기라는 시대적 현실을 배경으로 삼으면서도 사회 고발보다는 인간의 내면과 사고의 왜곡을 집요하게 파고든 작품들을 남겼다. 그의 작품들은 한국 문학사에서 중요한 위치를 차지하고 있으며, 「광염 소나타」는 예술과 도덕의 경계가 무너지는 과정을 극단적으로 보여주는 단편으로 널리 알려져 있다. 이 작품은 천재적인 음악가가 예술적 완성을 위해 살인마저 정당화해 가는 과정을 통해 인간의 욕망과 자기합리화를 그려낸다.

김동인의 소설은 한국 근대문학의 성격을 현대문학으

로 전환시키는 데 기여하였으며, 그의 작품은 사실주의 문학의 새로운 지평을 열었다고 평가받고 있다. 「광염 소나타」역시 인간의 내면을 냉정하게 해부하는 서사를 통해 독자에게 강한 불편함과 질문을 남긴다. 이 작품에는 예술이라는 이름 아래 감춰진 인간의 잔혹함과 욕망이 선명하게 드러난다.

개화기를 분수령으로 고전문학과 현대문학으로 나누어진다.

현대 문학은 개인에 대한 집중, 마음의 내적 작용에 대한 관심, 전통적인 문학적 형태와 구조에 대해 거부하며 작가들은 정체성, 소외, 인간의 조건과 같은 복잡한 주제와 아이디어를 탐구하는 게 특징이다.

'역사를 잊은 민족에게는 미래는 없다'는 말이 있듯, 과거의 현대문학을 보면 오늘을 살아가는 우리의 모습이 투영된다.

차례 ─────────────────────────────

1장
광염 소나타

독자는 이제 내가 쓰려는 이야기를, 유럽의 어떤 곳에 생긴 일이라고 생각하여도 좋다. 혹은 사십 오십 년 뒤에 조선을 무대로 생겨날 이야기라고 생각하여도 좋다. 다만, 이 지구상의 어떠한 곳에 이러한 일이 있었는지도 모르겠다, 있는지도 모르겠다, 혹은 있을지도 모르겠다, 가능성뿐은 있다. 이만치 알아두면 그만이다.

그런지라, 내가 여기 쓰려는 이야기의 주인공 되는 백성수(白性洙)를 혹은 알벨트라 생각하여도 좋을 것이요 짐이라 생각하여도 좋을 것이요 또는 호모(胡某)나 기무라모(木村某)로 생각하여도 괜찮다. 다만 사람이라 하는 동물을 주인공삼아 가지고 사람의 세상에서 생겨난 일인 줄만 알면.

이러한 전제로써, 자 그러면 내 이야기를 시작하자.

"기회(찬스)라 하는 것이 사람을 망하게도 하고 흥하게도 하는 것을 아시오?"

"네, 새삼스러이 연구할 문제도 아닐걸요."

"자, 여기 어떤 상점이 있다 합시다. 그런데 마침 주인도 없고 사환도 없고 온통 비었을 적에 우연히 그 앞을 지나가던 신사가 그 신사는 재산도 있고 명망도 있는 점잖은 사람인데 그 신사가 빈 상점을 들여다보고 혹은 이렇게 생각할 수도 있지 않아요? 통 비었으니깐 도적놈이라도 넉넉히 들어갈 게다, 들어가서 훔치면 아무도 모를 테다, 집을 왜 이렇게 비워 둔담. 이런 생각 끝에 혹은 그 그 뭐랄까 그 돌발적 변태심리로써 조그만 물건 하나(변변치도 않고 욕심도 안 나는)를 집어서 주머니에 넣는 경우가 있을지도 모르지 않겠습니까?"

"글쎄요."

"있습니다, 있어요."

어떤 여름날 저녁이었었다. 도회를 떠난 교외 어떤 강변에 두 노인이 앉아서 이런 이야기를 하고 있었다. 그 기회론을 주장하는 사람은 유명한 음악비평가 K씨였었다. 듣는 사람은 사회 교화자의 모씨였었다.

"글쎄 있을까요?"

"있어요. 좌우간 있다 가정하고 그러한 경우에는 그 책임은 어디 있습니까?"

"동양 속담말에 외밭서는 신끈도 다시 매지 말랬으니 그 신사가 책임을 질까요?"

"그래 버리면 그뿐이지만 그 신사는 점잖은 사람으로서 그런 절대적 기묘한 찬스만 아니더라면 그런 마음은 커녕 염도 내지도 않을 사람이라 생각하면 어찌 됩니까?"

"…"

"말하자면 죄는 '기회'에 있는데 '기회'라는 무형물은 벌은 할 수가 없으니깐 그 신사를 가해자로 인정할 수밖에는 지금은 없지요."

"그렇습니다."

"또 한 가지 사람의 천재라 하는 것도 경우에 따라서는 어떤 '기회'가 없으면 영구히 안 나타나고 마는 일이 있는데, 그 '기회'란 것이 어떤 사람에게서 그 사람의 '천재'와 '범죄 본능'을 한꺼번에 끄을어내었다면 우리는 그 '기회'를 저주하여야겠습니까 축복하여야겠습니까?"

"글쎄요."

"선생은 백성수라는 사람을 아시오?"

"백성수? 자, 기억이 없는데요."

"작곡가로서 그."

"네, 생각납니다. 유명한 '광염(狂炎) 소나타'의 작가 말씀이지요?"

"녜, 그 사람이 지금 어디 있는지 아십니까?"

"모릅니다. 뭐 발광했단 말이 있었는데."

"네, 지금 ××정신병원에 감금돼 있는데 그 사람의 일 대기를 이야기 할게 들으시고 사회 교화자로서의 의견을 말씀해 주십쇼."

내가 이제 이야기하려는 백성수의 아버지도 또한 천분 많은 음악가였습니다. 나와는 동창생이었는데 학생시대부터 벌써 그의 천분은 넉넉히 볼 수가 있었습니다. 그는 작곡과를 전공하였는데 때때로 스스로 작곡을 하여서는 밤중에 혼자서 피아노를 두드리고 하여서 우리들로 하여금 뜻하지 않고 일어나게 하고 하였습니다. 그리고 우리는 그 밤중에 울리어 오는 야성적 선율에 몸을 소스라치고 하였습니다.

그는 야인(野人)이었습니다. 광포스런 야성은 때때로 비위에 틀리면 선생을 두들기기가 예사이며 우리 학교 근처의 술집이며 모든 상점 주인들은 그에게 매깨나 안 얻어맞은 사람이 없었습니다. 그러한 야성은 그의 음악 속에 풍부히 잠겨 있어서 오히려 그 야성적 힘이 그의 예술을 더 빛나게 하는 것이었습니다.

그러나 그가 학교를 졸업하고 난 뒤에는 그 야성은 다른 곳으로 발전되고 말았습니다. 술! 술! 무서운 술이었습니다. 아침부터 저녁까지, 저녁부터 아침까지, 술잔이 그의 입에서 떠나지를 않았습니다. 그리고 술을 먹고는 여편네들에게 행패를 하고, 경찰서에 구류를 당하고, 나와서는 또 같은 일을 하고.

작품? 작품이 다 무엇이외까. 술을 먹은 뒤에 취흥에 겨워 때때로 피아노에 앉아서 즉흥으로 탄주를 하고 하였는데 지금 생각하면 그 귀기(鬼氣)가 사람을 엄습하는 힘과 야성(베토벤 이래로 근대 음악가에서 발견할 수 없던) 그런 보물이라 하여도 좋을 것이 많았지만 우리들은 각각 제 길 닦기에 바쁜 사람이라 주정꾼의 즉흥악을 일일이 베껴 둔다든가 그런 일은 꿈에도 생각하지 않았습니다.

우리들은 그의 장래를 생각하여 때때로 술을 삼가기를 권고하였지만 그런 야인에게 친구의 권고가 무슨 소용이 있겠습니까.

"술? 술은 음악이다!"

하고는 하하하하 웃어 버리고 다시 술집으로 달아나고 합니다.

그러한 지 칠팔 년이 지난 뒤에 그는 아주 폐인이 되고 말았습니다. 술이 안 들어가면 그의 손은 떨렸습니다. 눈에는 눈곱이 꼈습니다. 그리고 술이 들어가면, 술이 들어가면 그는 그 광포성을 발휘하였습니다. 누구를 물론하고 붙잡고는 입에 술을 부어 넣어 주었습니다. 그러다가는 장소를 불문하고 아무 데나 누워서 잡니다.

사실 아까운 천재였습니다. 우리들 새에는 때때로 그의 천분을 생각하고 아깝게 여기는 한숨이 있었지만 세상에서는 그 '장래가 무서운 한 천재'가 있었다는 것은 몰랐었습니다.

그러는 동안에는 그는 어떤 양가의 처녀를 어떻게 관계를 맺어서 애까지 뱄습니다. 그러나 그 애의 출생을 보지 못하고 아깝게도 심장마비로 죽어 버리고 말았습니다.

그 유복자로 세상에 나온 것이 백성수였습니다.

그러나 우리는 백성수가 세상에 출생되었다는 풍문만 들었지, 그 애 아버지가 죽은 뒤부터는 그 애의 소식이며 그 애 어머니의 소식은 일절 몰랐습니다. 아니, 몰랐다는 것보다, 그 집안의 일은 우리의 머리에서 온전히 잊어버리고 말았습니다.

　삼십 년이라는 세월이 흘렀습니다.

　십 년이면 산천도 변한다 하는데 삼십 년 새의 변천을 어찌 이루 다 말하겠습니까. 좌우간 그 동안에 나는 내 이름을 닦아 놓았습니다. 아시다시피 지금 K라 하면 이 나라에서 첫 손가락을 꼽는 음악비평가가 아닙니까. 견실한 지도적 비평가 K라면 이 나라의 음악계의 권위이며, 이 나의 한마디는 음악가의 가치를 결정하는 판결문이라 하여도 옳을 만치 되었습니다. 많은 음악가가 내 손 아래서 자랐으며 많은 음악가가 내 지도로써 이름을 날렸습니다.

　재작년 이른 봄 어떤 날이었습니다.

　그때 나는 조용한 밤중의 몇 시간씩을 ○○예배당에 가서 명상으로 시간을 보내는 것이 습관이 되어 있었습니다. 언덕 위에 홀로 서 있는 집으로서 조용한 밤중에 혼자 앉아 있노라면 때때로 들보에서 놀라 깬 비둘기의 날개 소리와 간간이 기둥에서 뚝뚝 하는 소리밖에는 아무 소리도 들리지 않는, 말하자면 나 같은 괴상한 성미를 가진 사람이 아니면 돈을 주면서 들어가래도 들어가지 않을 음침한 집이었습니다. 그러나 나 같은 명상을 즐기는 사람에게는 다른 데서 구하기 힘들도록 온갖 것을 가진 집이었습니다. 외따로고 조용하고 음침하며 간간이 알지 못할 신비한 소리까지 들리며 멀리서는 때때로 놀란 듯한 기적(汽笛) 소리도 들리는. 이것뿐으로도 상당한데, 게다가 이 예배당에는 피아노도 한 대 있었습니다. 예배당에는 오르간은 있을지나 피아노가 있는 곳은 쉽지 않은 것으로서 무슨 흥이나 날 때에는 피아노에 가서 한 곡조 두드리는 재미도 또한 괜찮았습니다.

그날 밤도 (아마 두시는 지났을걸요) 그 예배당에서 혼자서 눈을 감고 조용한 맛을 즐기고 있노라는데, 갑자기 저편 아래에서 재재 하는 소리가 납디다. 그래서 눈을 번쩍 뜨니까 화광이 충천하였는데, 내다보니까 언덕 아래 어떤 집이 불이 붙으며 사람들이 왔다갔다 야단이었습니다.

이렇게 말하면 어떨지 모르지만 그다지 멀지 않은 곳에서 불붙는 것을 바라보는 맛도 괜찮은 것이었습니다. 일어서는 불길이며 퍼져 나가는 연기, 불씨의 날아나는 양, 그 가운데 거뭇거뭇 보이는 기둥, 집의 송장, 재재거리는 사람의 무리, 이런 것은 어떻게 생각하면 과연 시도 될지며 음악도 될 것이었습니다. 옛날에 네로가 로마의 불붙는 것을 바라보면서, 자기는 비파를 들고 노래를 하였다는 것도 음악가의 견지로 보면 그다지 나무랄 것이 아니었습니다.

나도 그때에 그 불을 보고 차차 흥이 났습니다.

네로를 본받아서 나도 즉흥으로 한 곡조 두드려 볼까. 어렴풋이 이런 생각을 하며 나는 그 불을 정신없이 바라보고 있었습니다.

그때였습니다. 갑자기 덜컥덜컥 하는 소리가 들리더니 예배당 문이 열리며 웬 젊은 사람이 하나 낭패한 듯이 뛰어들어왔습니다. 그리고 무엇에 놀란 사람같이 두리번두리번 사면을 살피더니 그래도 내가 있는 것은 못 보았는지 저편에 있는 창 안에 가서 숨어 서서 아래서 붙는 불을 내다봅니다.

나도 꼼짝을 못 하였습니다. 좌우간 심상스런 사람은 아니요 방화범이나 도적으로밖에는 인정할 수 없지 않겠습니까? 그래서 꼼짝을 못 하고 서 있노라니까 그 사람은 한숨을 쉽니다. 그리고 맥없이 두 팔을 늘이고 도로 나가려고 발을 떼려다가 자기 곁에 피아노가 놓인 것을 보더니 교의를 끌어다 놓고 피아노 앞에 주저앉고 말겠지요. 나도 거기는 그만 직업적 흥미에 끌렸습니다. 그래서 무엇을 하나 보자하고 있노라니까 뚜껑을 열더니 한 번 뚱 하고 시험을 해보아요. 그리고 조금 있더니 다시 뚱뚱 하고 시험을 해보겠지요.

이때부터 그의 숨소리가 차차 높아 가기 시작했습니다. 씩씩거리며 몹시 흥분된 사람같이 몸을 떨다가 벼락같이 양 손을 키 위에 갖다가 덮었습니다. 그 다음 순간으로 C샤프 단음계의 알레그로가 시작되었습니다.

처음에는 다만 흥미로써 그의 모양을 엿보고 있던 나는 그 알레그로가 울리어 나오는 순간 마음은 끝까지 긴장되고 흥분되었습니다.

그것은 순전한 야성적 음향이었습니다. 음악이라 하기에는 너무 힘있고 무기교(無技巧)이었습니다. 그러나 음악이 아니라기에는 거기는 너무 괴롭고도 무겁고 힘있는 '감정'이 들어 있었습니다. 그것은 마치 야반의 종소리와도 같이 사람의 마음을 무겁고 음침하게 하는 음향인 동시에 맹수의 부르짖음과 같이 사람으로 하여금 소름 돋치게 하는 무서운 감정의 발현이었습니다. 아아 그 야성적 힘과 남성적 부르짖음, 그 아래 감추어 있는 침통한 주림과 아픔, 순박하고도 아무 기교가 없는 그 표현!

나는 덜석 그 자리에 주저앉고 말았습니다. 그리고 음악가의 본능으로써 뜻하지 않고 주머니에서 오선지와 연필을 꺼내었습니다. 피아노의 울리어 나아가는 소리에 따라서 나의 연필은 오선지 위에서 뛰놀았습니다.

좀 급속도로 시작된 빈곤, 거기 연하여 주림, 꺼져 가는 불꽃과 같은 목숨, 그러한 것을 지나서 한참 연속 되는 완서조(緩徐調)의 압축된 감정, 갑자기 튀어져 나오는 광포. 거기 연한 쾌미(快味) 홍소(哄笑) 이리하여 주화조(主和調)로서 탄주는 끝이 났습니다. 더구나 그 속에 나타나 있는 압축된 감정이며 주림 또는 맹렬한 불길 등이 사람의 마음에 주는 그 처참함이며 광포성은 나로 하여금 아직 '문명'이라 하는 것의 은택에 목욕하여 보지 못한 야인(野人)을 연상케 하였습니다.

탄주가 다 끝이 난 뒤에도 나는 정신을 못 차리고 망연히 앉아 있었습니다. 물론 조금이라도 음악의 소양이 있는 사람일 것 같으면 이제 그 소나타를 음악에 대하여 정통으로 아무러한 수양도 받지 못한 사람이 다만 자기의 천재적 즉흥뿐으로 탄주한 것임을 알 것입니다. 해결이 없이 감칠도 화현(減七度和絃)이며 증육도 화현(增六度和絃)을 범벅으로 섞어 놓았으며 금칙(禁則)인 병행 오팔도(竝行五八度)까지 집어넣은 것으로서, 더구나 스케르초는 온전히 뽑아 먹은, 대담하다면 대담하고 무식하다면 무식하달 수도 있는 방분 자유한 소나타였습니다.

이때에 문득 내 머리에 떠오른 것은 삼십 년 전에 심장마비로 죽은 백○○였습니다. 그의 음악으로서 만약 정통적 훈련만 뽑고 거기다가 야성을 더 집어넣으면 지금 내 눈앞에 있는 그 음악가의 것과 같은 것이 될 것이었습니다. 귀기가 사람을 엄습하는 듯한 그 힘과 방분스런 표현과 야성 이것은 근대 음악가에게 구하기 힘든 보물이었습니다.

그 소나타에 취하여 한참 정신이 어리둥절히 앉았던 나는 고즈넉이 일어서서, 그 피아노 앞에 가서 그의 어깨에 가만히 손을 얹었습니다. 한 곡조를 타고 나서 아주 곤한 듯이 정신이 없이 앉아 있던 그는 펄떡 놀라며 일어서서 내 얼굴을 보았습니다.

"자네 몇 살 났나?"

나는 그에게 이렇게 첫 말을 물었습니다. 가슴이 답답한 나로서는 이런 말밖에는 갑자기 다른 말이 생각 안 났습니다. 그는 높은 창에서 들어오는 달빛을 받고 있는 내 얼굴을 한순간 쳐다보고 머리를 돌이키고 말았습니다.

"배고프나?"

나는 두 번째 그에게 물었습니다.

그는 시끄러운 듯이 벌떡 일어섰습니다. 그리고 달빛

이 비친 내 얼굴을 정면으로 바라보다가,

"아, K선생님 아니세요?"

하면서 나를 붙들었습니다. 그래서 그렇노라고 하니깐,

"사진으로는 늘 봤습니다마는."

하면서 다시 맥없이 나를 놓으며 머리를 돌렸습니다.

그 순간, 그가 머리를 돌이키는 순간 달빛에 얼핏, 나는 그의 얼굴을 처음으로 보았습니다. 그리고 나는 거기서 뜻밖에 삼십 년 전에 죽은 벗 백○○의 모습을 발견하였습니다.

"자, 자네 이름이 뭐인가?"

"백성수."

"백성수? 그 백○○의 아들이 아닌가. 삼십 년 전에, 자네가 나오기 전에 세상 떠난."

그는 머리를 번쩍 들었습니다.

"네? 선생님 어떻게 아세요?"

"백○○의 아들인가? 같이두 생겼다. 내가 자네의 아버지와 동창이네. 아아, 역시 그 애비의 아들이다."

그는 한숨을 길게 쉬며 머리를 수그려 버렸습니다.

나는 그날 밤 그 백성수를 데리고 집으로 돌아왔습

니다.

그리고 비록 작곡상 온갖 법칙에는 어그러진다 하나 그만치 힘과 정열과 야성으로 찬 소나타를 거저 버리기가 아까워서 다시 한번 피아노에 올라앉기를 명하였습니다. 아까 예배당에서 내가 베낀 것은 알레그로가 거의 끝난 곳부터였으므로 그 전 것을 베끼기 위해서였습니다.

그는 피아노를 향하여 앉아서 머리를 기울였습니다. 몇 번 손으로 키를 두드려 보다가는 다시 머리를 기울이고 생각하고 하였습니다. 그러나 다섯 번 여섯 번을 다시 하여 보았으나 아무 효과도 없었습니다. 피아노에서 울려 나오는 음향은 규칙 없고 되지 않은 한낱 소음(騷音)에 지나지 못하였습니다. 야성? 힘? 귀기? 그런 것은 없었습니다. 감정의 재뿐이 있었습니다.

"선생님 잘 안 됩니다."

그는 부끄러운 듯이 연하여 고개를 기울이며 이렇게 말하였습니다.

"두 시간도 못 되어서 벌써 잊어버린담?"

나는 그를 밀어 놓고 내가 대신하여 피아노 앞에 앉아서 아까 베낀 그 음보를 펴놓았습니다. 그리고 내가 베낀 곳부터 다시 시작하였습니다.

화염! 화염! 빈곤, 주림, 야성적 힘, 기괴한 감금당한 감정! 음보를 보면서 타던 나는 스스로 흥분이 되었습니다. 미상불 그때는 내 눈은 미친 사람같이 번득였으며 얼굴은 흥분으로 새빨갛게 되었을 것이었습니다.

즉 그때에 그가 갑자기 달려들더니 나를 떠밀쳐 버렸습니다. 그리고 자기가 대신하여 앉았습니다.

의자에서 떨어진 나는 너무 흥분되어 다시 일어날 힘도 없이 그 자리에 앉은 대로 그의 양을 쳐다보았습니다. 그는 나를 밀쳐 버린 다음에 그 음보를 들고서 읽기 시작하였습니다. 아아 그의 얼굴! 그의 숨소리가 차차 높아지면서 눈은 미친 사람과 같이 빛을 내기 시작하였습니다. 그러더니 그 음보를 홱 내어던지며 문득 벼락같이 그의 두 손은 피아노 위에 덧엎혔습니다.

'C샤프 단음계'의 광포스런 '소나타'는 다시 시작되었습니다. 폭풍우같이 또는 무서운 물결같이 사람으로 하여금 숨막히게 하는 그 힘, 그것은 베토벤 이래로 근대 음악가에서 보지 못하던 광포스런 야성이었습니다. 무섭고도 참담스런 주림, 빈곤, 압축된 감정, 거기서 튀어져 나온 맹염(猛炎), 공포, 홍소 아아 나는 너무 숨이 답답하여 뜻하지 않고 두 손을 홰홰 내저었습니다.

그날 밤이 새도록, 그는 흥분이 되어서 자기의 과거를 일일이 다 이야기하였습니다. 그 이야기에 의지하면 대략 그의 경력이 이러하였습니다.

그의 어머니는 그를 밴 뒤에 곧 자기의 친정에서 쫓겨 나왔습니다.

그때부터 그의 가난함은 시작되었습니다.

그러나 교양이 있고 어진 그의 어머니는 품팔이를 할지언정 성수는 곱게 길렀습니다. 변변치는 않으나마 오르간 하나를 준비하여 두고, 그가 잠자렬 때에는 슈베르트의 '자장가'로써 그의 잠을 도왔으며 아침에 깰 때는 하루 종일 유쾌히 지내게 하기 위하여 도랜드의 '세컨드 왈츠'로써 그의 원기를 돋우었습니다.

그는 세 살 났을 적에 어머니의 품에 안겨서 오르간을 장난하여 보았습니다. 이 오르간을 장난하는 것을 본 어머니는 근근이 돈을 모아서 그가 여섯 살 나는 해에 피아노를 하나 샀습니다.

아침에는 새소리, 바람에 버석거리는 포플러잎, 어머니의 사랑, 부엌에서 국 끓는 소리, 이러한 모든 것이 이 소년에게는 신비스럽고도 다정스러워 그는 피아노에 향하여 앉아서 생각나는 대로 키를 두드리고 하였습니다.

이러한 가운데 고이 소학과 중학도 마치었습니다. 그러는 동안에 음악에 대한 동경은 그의 가슴에 터질 듯이 쌓였습니다.

중학을 졸업한 뒤에는 인젠 어머니를 위하여 그는 학업을 중지하지 않을 수가 없었습니다. 그는 어떤 공장의 직공이 되었습니다. 그러나 어진 어머니의 교육 아래서 길러난 그는 비록 직공은 되었다 하나 아주 온량한 사람이었습니다.

그리고 음악에 대한 집착은 조금도 줄지 않았습니다. 비록 돈이 없어서 정식으로 음악교육은 못 받을망정 거리에서 손님을 끄느라고 틀어 놓은 유성기 앞이며 또는 일요일날 예배당에서 찬양대의 노래에 젊은 가슴을 뛰놀리던 그이었습니다. 집에서는 피아노 앞을 떠나 본 일이 없었습니다.

때때로 비상한 감흥으로 오선지를 내어놓고 음보를 그려 본 적도 한두 번이 아니었습니다. 그러나 이상한 것은 그만치 뛰놀던 열정과 터질 듯한 감격도 음보로 그려 놓으면 아무 긴장도 없는 싱거운 음계가 되어 버리고 하였습니다. 왜? 그만치 천분이 있고 그만치 열정이 있던 그에게서 왜 그런 재와 같은 음악만 나왔느냐고 물으실 테지요. 거기 대하여서는 이따가 설명하리다.

감격과 불만 열정과 재, 비상한 흥분과 그 흥분에 대한 반비례되는 시원치 않은 결과 이러한 불만의 십 년이 지났습니다.

그의 어머니는 문득 몹쓸 병에 걸렸습니다.

자양과 약값, 그의 몇 해를 근근이 모았던 돈은 차차 줄기 시작하였습니다. 조금이라도 안락한 생활이 되기만 하면 정식으로 음악에 대한 교육을 받으려고 모아두었던 저금은 그의 어머니의 병에 다 들어갔습니다. 그러나 그의 어머니의 병은 차도가 보이지 않았습니다.

그리하여, 그와 내가 그 예배당에서 만나기 전 해 여름 어떤 날, 그의 어머니는 도저히 회복할 가망이 없는 중태에까지 빠지게 되었습니다. 그러나 그때는 벌써 그에게는 돈이라고는 다 떨어진 때였습니다.

그날 아침, 그는 위독한 어머니를 버려두고 역시 공장에를 갔습니다. 그러나 아무리 하여도 마음이 놓이지 않아서 일을 중도에 그만두고 집으로 돌아왔습니다. 그때는 어머니는 벌써 혼수상태에 빠져 있었습니다. 가슴이 덜컥 내려앉은 그는 황급히 다시 뛰어나갔습니다. 그러나 어디로? 무얼 하러? 뜻없이 뛰어나와서 한참 달음박

질하다가, 그는 문득 정신을 차리고 의사라도 청할 양으로 히끈 돌아섰습니다.

그때였습니다. 아까 내가 말한 바 '기회'라는 것이 그때에 그의 앞에 나타났습니다. 그것은 조그만 담뱃가게 앞이었는데 가게와 안방과의 새의 문은 닫겨 있고 안에는 미상불 사람이 있을지나 가게를 보는 사람은 눈에 안 띄었습니다. 그리고 그 담배 상자 위에는 오십 전짜리 은전 한 닢과 동전 몇 닢이 놓여 있었습니다.

그는 자기로도 무엇을 하는지 몰랐습니다. 의사를 청하여 오려면, 다만 몇십 전이라도 돈이 있어야겠단 어렴풋한 생각만 가지고 있던 그는, 한번 사면을 살핀 뒤에 벼락같이 그 돈을 쥐고 달아났습니다.

그러나 그는 이십 간도 뛰지 못하여 따라오는 그 집 사람에게 붙들렸습니다.

그는 몇 번을 사정하였습니다. 마지막에는 자기의 어머니가 명재경각이니, 한 시간만 놓아 주면 의사를 어머니에게 보내고 다시 오마고까지 하여 보았습니다. 그러나, 그런 말은 모두 헛소리로 돌아가고, 그는 마침내 경찰서로 가게 되었습니다.

경찰서에서 재판소로 재판소에서 감옥으로 이러한

여섯 달 동안에 그는 이를 갈면서 분해하였습니다. 자기 어머니의 운명이 어찌 되었나. 그는 손과 발을 동동 구르면서 안타까워했습니다. 만약 세상을 떠났다 하면 떠나는 순간에 얼마나 자기를 찾았겠습니까. 임종에도 물 한 잔 떠넣어 줄 사람이 없는 어머니였습니다. 애타하는 그 모양, 목말라하는 그 모양을 생각하고는 그 어머니에게 지지 않게 자기도 애타하고 목말라했습니다.

반 년 뒤에 겨우 광명한 세상에 나와서 자기의 오막살이를 찾아가매 거기는 벌써 다른 사람이 들어 있었으며 그의 어머니는 반 년 전에 아들을 찾으며 길에까지 기어나와서 죽었다 합니다.

공동묘지를 가보았으나 분묘조차 발견할 수가 없었습니다.

이리하여 갈 곳이 없이 헤매던 그는 그날도 역시 잘 곳을 찾으러 헤매다가 그 예배당(나하고 만난)까지 뛰쳐들어온 것이었습니다.

여기까지 이야기해 오던 K씨는 문득 말을 끊었다. 그리고 마도로스 파이프를 꺼내어 담배를 피워 가지고 빨면서 모씨에게 향하였다.

"선생은 이제 내가 이야기한 가운데 모순된 점을 발

견 못 하셨습니까?"

"글쎄요."

"그럼 내가 대신 물으리다. 백성수는 그만치 천분이 많은 음악가였었는데 왜 그 광염 소나타(그날 밤의 소나타를 '광염 소나타'라고 그랬습니다)를 짓기 전에는 그만치 흥분되고 긴장되었다가도 일단 음보로 만들어 놓으면 아주 힘없는 것이 되어 버리고 했겠습니까?"

"그게야 미상불 그때의 흥분이 '광염 소나타'를 지을 때의 흥분만 못한 연고겠지요."

"그렇게 해석하세요? 듣고 보니 그것은 한 해석이 되기는 합니다. 그러나 나는 그렇게 해석 안 하는데요."

"그럼 K씨는 어떻게 해석하십니까?"

"나는, 아니, 내 해석을 말하는 것보다 그 백성수한테서 내게로 온 편지가 한 장 있는데, 그것을 보여 드리리다. 선생은 오늘 바쁘시지 않으세요?"

"일은 없습니다."

"그러면 우리집까지 잠깐 같이 가보실까요?"

"가지요."

두 노인은 일어섰다.

도회와 교외의 경계에 달린 K씨의 집에까지 두 노인

이 이른 때는 오후 너덧시가 된 때였었다.

두 노인은 K씨의 서재에 마주 앉았다.

"이것이 이삼 일 전에 백성수한테서 내게로 온 편지인데 읽어 보세요."

K씨는 서랍에서 기다란 편지 뭉치를 꺼내어 모씨에게 주었다. 모씨는 받아서 폈다.

"가만, 여기서부터 보세요. 그 전에는 쓸데없는 인사이니까."

(중략)

그리하여 그날도 또한 이제 밤을 지낼 집을 구하느라고 돌아다니던 저는 우연히 그 집, 제가 전에 돈 오십여 전을 훔친 집 앞에까지 이르렀습니다.

깊은 밤 사면은 고요한데 그 집 앞에서 잘 곳을 구하느라고 헤매던 저는 문득 마음속에 무서운 복수의 생각이 일어났습니다. 이 집만 아니었더면, 이 집 주인이 조금만 인정이라는 것을 알았더면, 저는 그 불쌍한 제 어머니로서 길에까지 기어나와서 세상을 떠나게 하지는 않았겠습니다. 분묘가 어디인지조차 알지 못하여 꽃 한 번 갖다가 꽂아 보지 못한 이러한 불효도 이 집 때문이외다. 이러한 생각에 참지를 못하여, 그 집 앞에 가려 있는 볏

30

짚에다가 불을 놓았습니다. 그리고 거기 서서 불이 집으로 옮아 가는 것을 다 본 뒤에 갑자기 무서운 생각이 나서 달아났습니다.

좀 달아나다 보매 아래서는 벌써 사람이 꾀어들기 시작한 모양인데 이때에 저의 머리에 타오르는 생각은 통쾌하다는 생각과 달아나려는 생각뿐이었습니다. 그리하여 저는 몸을 숨기기 위하여 앞에 보이는 예배당 안으로 뛰어 들어갔습니다.

거기서 불이 다 꺼지도록 구경을 한 뒤에 나오려다가 피아노를 보고.

"이보세요."

K씨는 편지를 보는 모씨를 찾았다.

"비상한 열정과 감격은 있어두 그것이 그대로 표현 안 된 것이 그것 때문이었습니다. 즉 성수의 어머니는 몹시 어진 사람으로서 어렸을 때부터 성수의 교육을 몹시 힘을 들여서 착한 사람이 되도록, 이렇게 길렀습니다 그려. 그 어진 교육 때문에 그가 하늘에서 타고난 광포성과 야성이 표면상에 나타나지를 못하였습니다. 그 타오르는 야성적 열정과 힘이 음보(音譜)로 그려 놓으면 아주 힘없는, 말하자면 김빠진 술과 같이 되고 하는 것이 모두 그

때문이었습니다 그려. 점잖고 어진 교훈이, 그의 천분을 못 발휘하게 한 셈이지요."

"흠."

"그것이, 그 사람 성수가, 감옥생활을 할 동안에 한 번 씻기기는 하였으나, 그러나 사람의 교양이라 하는 것은 온전히 씻지는 못하는 것이외다.

그러다가, 그 '원수'의 집 앞에서 갑자기, 말하자면 돌발적으로 야성과 광포성이 나타나서 불을 놓고 예배당 안에 숨어 서서 그 야성적 광포적 쾌미를 한껏 즐긴 다음에, 그에게서 폭발하여 나온 것이 그 '광염 소나타'였구려. 일어서는 불길, 사람의 비명, 온갖 것을 무시하고 퍼져 나가는 불의 세력 이런 것은 사실 야성적 쾌미 가운데 으뜸이 되는 것이니깐요."

"…"

"아셨습니까. 그러면 그 다음에 그 편지의 여기부터 또 보세요."

(중략)

저는 그날의 일이 아직 눈앞에 어리는 듯하외다. 선생님이 저를 세상에 소개하시기 위하여 늙으신 몸이 몸소 피아노에 앉으셔서 초대한 여러 음악가들 앞에서 제 '

광염 소나타를 탄주하시던 그 광경은 지금 생각하여도 제 눈에서 눈물이 나오려 합니다. 그때에 그 손님 가운데 부인 손님 두 분이 기절을 한 것은 결코 '광염 소나타'의 힘뿐이 아니고 선생의 그 탄주의 힘이 많이 섞인 것을 뉘라서 부인하겠습니까. 그 뒤에 여러 사람 앞에 저를 내어 세우고,

"이 사람이 '광염 소나타'의 작자이며 삼십 년 전에 우리를 버려 두고 혼자 간 일대의 귀재 백○○의 아들이외다."

고 소개를 하여 주신 그때의 그 감격은 제 일생에 어찌 잊사오리까.

그 뒤에 선생님께서 저를 위하여 꾸며 주신 방도 또한 제 마음에 가장 맞는 방이었습니다. 널따란 북향 방에 동남쪽 귀에 든든한 참나무 침대가 하나, 서북쪽 귀에 아무 장식 없는 참나무 책상과 의자, 피아노가 하나씩, 그 밖에는 방 안에 장식이라고는 서남쪽 벽에 커다란 거울이 하나 있을 뿐, 덩더렇게 넓은 방은 사실 밤에 전등 아래 앉아 있노라면 저절로 소름이 끼치도록 무시무시한 방이었습니다. 게다가 방 안은 모두 꺼먼 칠을 하고, 창 밖에는 늙은 홰나무의 고목이 한 그루 서 있는 것도

과연 귀기가 돌았습니다. 이러한 가운데서 선생님은 저로 하여금 방분스러운 음악을 낳도록 애써 주셨습니다.

저도 그런 환경 아래서 좋은 음악을 낳아 보려고 얼마나 애를 썼겠습니까. 어떤 날 선생님께 작곡에 대한 계통적 훈련을 원할 때에 선생님은 이렇게 대답하셨습니다.

"자네게는 그러한 교육이 필요가 없어. 마음대로 나오는 대로 하게. 자네 같은 사람에게 계통적 훈련이 들어가면 자네의 음악은 기계화해 버리고 말아. 마음대로 온갖 규칙과 규범을 무시하고 가슴에서 터져 나오는 대로."

저는 이 말씀의 뜻을 똑똑히는 몰랐습니다. 그러나 대략한 의미뿐은 통하였습니다. 그리하여 저는 마음대로 한껏 자유스러운 음악의 경지를 개척하려 하였습니다.

그러나 그 동안에 제가 산출한 음악은 모두 이상히도 저의 이전(제 어머니가 아직 살아 계실 때)의 것과 마찬가지로 아무러한 힘도 없는 음향의 유희에 지나지 못하였습니다.

저는 얼마나 초조하였겠습니까. 때때로 선생님께서 채근 비슷이 하시는 말씀은 저로 하여금 더욱 초조하게 하였습니다. 그리고 마음이 초조하면 초조할수록 제게서 생겨나는 음악은 더욱 나약한 것이 되었습니다.

저는 때때로 그 불붙던 광경을 생각하여 보았습니다. 그리고 그때에 통쾌하던 감정을 되풀이하여 보려 하였습니다. 그러나 그것 역시 실패에 돌아갔습니다.

때때로 비상한 열정으로 음보를 그려 놓은 뒤에 몇 시간을 지나서 다시 한번 읽어 보면 거기는 아무 힘이 없는 개념만 있고 하였습니다.

저의 마음은 차차 무거워지기 시작하였습니다. 그리고 큰 기대를 가지고 계신 선생님께도 미안하기가 짝이 없었습니다.

"음악은 공예품과 달라서 마음대로 만들고 싶은 때에 되는 것이 아니니 마음놓고 천천히 감흥이 생긴 때에."

이러한 선생님의 위로의 말씀이 듣기가 제 살을 깎아 먹는 듯 하였습니다. 그러나 제 마음상은 인제는 제게서 다시 힘있는 음악이 나올 기회가 없는 것같이만 생각되었습니다.

이러는 동안에 무위의 몇 달이 지났습니다.

어떤 날 밤중, 가슴이 너무 무겁고 가슴속에 무엇이 가득 찬 것같이 거북하여서, 저는 산보를 나섰습니다. 무거운 머리와 무거운 가슴과 무거운 다리를 지향없이 옮기면서 돌아다니다가 저는 어떤 곳에서 커다란 볏짚 낟

가리를 발견하였습니다.

　이때의 저의 심리를 어떻게 형용하였으면 좋을지 저는 모르겠습니다. 저는 무슨 무서운 적(敵)을 만난 것같이 긴장되고 흥분되었습니다. 저는 사면을 한번 살펴보고, 그 낟가리에 달려가서 불을 그어서 놓았습니다. 그리고 갑자기 무서움증이 생겨서 돌아서서 달아나다가, 멀찌가니까지 달아나서 돌아보니까, 불길은 벌써 하늘을 찌를 듯이 일어났습니다. 왁, 왁, 꺄, 꺄, 사람들이 부르짖는 소리도 들렸습니다. 저는 다시 그곳까지 가서, 그 무서운 불길에 날아 올라가는 볏짚이며, 그 낟가리에 연달아 있는 집을 헐어 내는 광경을 구경하다가 문득 흥분되어서 집으로 돌아왔습니다.

　그날 밤에 된 것이 '성난 파도'이었습니다.

　그 뒤에 이 도회에서 일어난, 알지 못할 몇 가지의 불은, 모두 제가 질러 놓은 것이었습니다. 그리고, 불이 있던 날 밤마다 저는 한 가지의 음악을 얻었습니다. 며칠을 연하여 가슴이 몹시 무겁다가 그것이 마침내 식체와 같이 거북하고 답답하게 되는 때는 저는 뜻없이 거리를 나갑니다. 그리고 그러한 날은 한 가지의 방화사건이 생겨나며 그날 밤에는 한 곡의 음악이 생겨났습니다.

그러나 그것도 번수가 차차 많아 갈 동안, 저의, 그 불에 대한 흥분은 반비례로 줄어졌습니다. 온갖 것을 용서하지 않는 불꽃의 잔혹함도, 그다지 제 마음을 긴장시키지 못하였습니다.

"차차, 힘이 적어져 가네."

선생님께서 제 음악을 보시고 이렇게 말씀하신 것이 그러한 때였습니다.

그러나, 저는 게서 더할 도리가 없었습니다. 하는 수 없이 저는 한동안 음악을 온전히 잊어버린 듯이 내버려 두었습니다.

모씨가 성수의 마지막 편지를 여기까지 읽었을 때에, K씨가 찾았다.

"재작년 봄에서 가을에 걸쳐서, 원인 모를 불이 많지 않았습니까. 그것이 죄 성수의 장난이었습니다 그려."

"K씨는 그것을 온전히 모르셨습니까?"

"나요? 몰랐지요. 그런데, 그 어떤 날 밤이구려. 성수는 기대에 반해서, 우리집으로 온 지 여러 달이 됐지만, 한 번도 힘있는 것을 지어 본 일이 없겠지요. 그래서, 저 사람에게 무슨 흥분될 재료를 줄 수가 없나 하고 혼자 생각하며 있더랬는데, 그때에 저 편."

K씨는 손을 들어 남편 쪽 창을 가리켰다.

"저 편 꽤 멀리서 불붙는 것이 눈에 뜨입디다 그려. 그래서 저것을 성수에게 보이면, 혹 그때의 감정(그때는, 나는 그 담배 장수네 집에 불이 일어난 것도 성수의 장난인 줄은 꿈에도 생각 안 했구료)을 부활시킬지도 모르겠다, 이렇게 생각하구 성수의 방으로 올라가려는데, 문득 성수의 방에서 피아노 소리가 울려 나옵니다 그려. 나는 올라가려던 발을 부지중 멈추고 말았지요. 역시 C샤프 단음계로서, 제일곡은 뽑아 먹고, 아다지오에서 시작되는데, 고요하고 잔잔한 바다, 수평선 위로 넘어가려는 저녁 해, 이러한 온화한 것이 차차 스케르초로 들어가서는 소낙비, 풍랑, 번개질, 무서운 바람 소리, 우레질, 전복되는 배, 곤해서 물에 떨어지는 갈매기, 한번 뒤집어지면서 해일에 쓸려나가는 동네 사람의 부르짖음 흥분에서 흥분, 광포에서 광포, 야성에서 야성, 온갖 공포와 포학한 광경이 눈앞에 어릿거리는데, 이 늙은 내가 그만 흥분에 못 견디어, 뜻하지 않고 '그만두어 달라'고 고함친 것만으로도 짐작하시겠지요. 그리고 올라가서 보니깐, 그는 탄주를 끝내고 피곤한 듯이 피아노에 기대고 앉아 있고, 이제 탄주한 것은 벌써 '성난 파도'라는 제목 아래 음보로 되어 있습디다."

"그러면 성수는 불을 두 번 놓고, 두 음악을 얻었다는 말씀이지요?"

"그렇지요. 그리고, 그 뒤부터는 한 십여 일 건너서는 하나씩 지었는데, 그것이 지금 보면, 한 가지의 방화사건이 생길 때마다 생겨난 것이었습니다. 그러나, 그의 편지마따나, 얼마 지나서부터는 차차 그 힘과 야성이 적어지기 시작했지요. 그래서"

"가만계십쇼. 그 사람이 그 다음에도 '피의 선율'이나 그 밖에 유명한 곡조를 여러 개 만들지 않았습니까?"

"글쎄 말이외다. 거기 대한 설명은 그 편지를 또 보십쇼. 여기서부터 또 보시면 알리다."

(중략)

××다리 아래로서 나오려는데, 무엇이 발길에 채는 것이 있었습니다. 성냥을 그어 가지고 보니깐, 그것은 웬 늙은이의 송장이었습니다. 저는 그것이 무서워서 달아나려다가, 돌아서려던 발을 다시 돌이켰습니다. 그리고, 선생님은 이제 제가 쓰는 일을 이해하여 주실는지요. 그것은 너무도 기괴한 일이라 저로서도 믿어지지 않는 일이었습니다. 그 송장을 타고 앉았습니다. 그리고 그 송장의 옷을 모두 찢어서 사면으로 내어던진 뒤에, 그 벌거벗은

송장을, (제 힘이라 생각되지 않는) 무서운 힘으로써 높이 쳐들어서, 저편으로 내어던졌습니다. 그런 뒤에는, 마치 고양이가 알을 가지고 놀 듯, 다시 뛰어가서 그 송장을 들어서, 도로 이편으로 던졌습니다. 이렇게 몇 번을 하여 머리가 깨지고, 배가 터지고 그 송장은 보기에도 참혹스러이 되었습니다. 그리하여 그 송장을 다시 만질 곳이 없이 된 뒤에, 저는 그만 곤하여 그 자리에 앉아서 쉬려다가 갑자기 마음이 긴장되고 흥분되어서, 집으로 달려왔습니다.

그날 밤에 된 것이 '피의 선율'이었습니다.

"선생은 이러한 심리를 아시겠습니까?"

"글쎄요."

"아마, 모르실걸요, 그러나 예술가로서는 능히 머리를 끄덕일 수 있는 심리외다. 그리고 또 여기를 읽어 보십시오."

(중략)

그 여자가 죽었다는 것은 제게는 사실 뜻밖이었습니다.

저는, 그날 밤 혼자 몰래 그 여자의 무덤을 찾아갔습니다. 그리고 칠팔 시간 전에 묻어 놓은 그의 무덤의 흙을 다시 파서 그의 시체를 꺼내어 놓았습니다.

푸르른 달빛 아래 누워 있는 아름다운 그의 모양은 과연 선녀와 같았습니다. 가볍게 눈을 닫고 있는 창백한 얼굴, 곧은 콧날, 풀어헤친 검은 머리 아무 표정도 없는 고요한 얼굴은 더욱 처염함을 도왔습니다. 이것을 정신이 없이 들여다보고 있던 저는 갑자기 흥분이 되어, 아아, 선생님 저는 이 아래를 쓸 용기가 없습니다. 재판소의 조서를 보시면 저절로 아실 것이올시다.

그날 밤에 된 것이 '사령(死靈)'이었습니다.

"어떻습니까?"

"…"

"네?"

"…"

"언어도단이에요? 선생의 눈으로는 그렇게 뵈시리다. 또 여기를 읽어 보십쇼."

(중략)

이리하여 저는 마침내 사람을 죽인다 하는 경우에까지 이르렀습니다. 그리고 한 사람이 죽을 때마다 한 개의 음악이 생겨났습니다. 그 뒤부터 제가 지은 그 모든 것은 모두 다 한 사람씩의 생명을 대표하는 것이었습니다.

"인전 더 보실 것이 없습니다. 그런데 그만큼 보셨으면 성수에 대한 대략한 일은 아셨을 터인데, 거기 대한 의견이 어떻습니까?"

"…"

"네?"

"어떤 의견 말씀이오니까?"

"어떤 '기회'라는 것이 어떤 사람에게서, 그 사람의 가지고 있는 천재와 함께, '범죄 본능'까지 끄을어내었다 하면, 우리는 그 '기회'를 저주하여야겠습니까 혹은 축복하여야겠습니까? 이 성수의 일로 말하자면 방화, 사체 모욕, 시간, 살인, 온갖 죄를 다 범했어요. 우리 예술가협회에서 별로 수단을 다 써서 정부에 탄원하고 재판소에 탄원하고 해서 겨우 성수를 정신병자라 하는 명목 아래 정신병원에 감금했지, 그렇지 않으면 당장에 사형이 아닙니까. 그런데 이제 그 편지를 보셔도 짐작하시겠지만 통상시에는 그 사람은 아주 명민하고 점잖고 온화한 청년입니다. 그러나, 때때로 그, 뭐랄까, 그 흥분 때문에 눈이 아득하여져서 무서운 죄를 범하고 그 죄를 범한 다음에는 훌륭한 예술을 하나씩 산출합니다. 이런 경우에 우리는 그 죄를 믿게 보아야 합니까, 혹은 그 범죄 때문에 생겨난 예술을 보아서 죄를 용서하여야 합니까?"

"그게야 죄를 범치 않고 예술을 만들어 냈으면 더 좋지 않습니까?"

"물론이지요. 그러나 이 성수 같은 사람도 있는 것이니깐 이런 경우엔 어떻게 해결하렵니까?"

"죄를 벌해야지요. 죄악이 성하는 것을 그냥 볼 수는 없습니다."

K씨는 머리를 끄덕였다.

"그렇겠습니다. 그러나 우리 예술가의 견지로는 또 이렇게 볼 수도 있습니다. 베토벤 이후로는 음악이라 하는 것이 차차 힘이 빠져 가서 꽃이나 계집이나 찬미할 줄 알고 연애나 칭송할 줄 알아서 선이 굵은 것은 볼 수가 없이 되었습니다.

게다가 엄정한 작곡법이 있어서 그것은 마치 수학의 방정식과 같이 작곡에 대한 온갖 자유스런 경지를 제한해 놓았으니깐 이후에 생겨나는 음악은 새로운 길을 개척하기 전에는 한 기술이 될 것이지 예술이 될 수는 없습니다. 예술가에게는 이것이 쓸쓸해요. 힘있는 예술, 선이 굵은 예술, 야성으로 충일된 예술은 이것을 기다린 지 오랬습니다. 그럴 때에, 백성수가 나타났습니다. 사실 말이지 백성수의 그새의 예술은 그 하나하나가 모두 우리의 문화를 영구히 빛낼 보물입니다. 우리의 문화의 기념탑입니다. 방화? 살인? 변변치 않은 집개, 변변치 않은 사람개는 그의 예술의 하나가 산출되는 데 희생하라면 결코 아깝지 않습니다. 천 년에 한 번, 만 년에 한 번 날지 못 날지 모르는 큰 천재를, 몇 개의 변변치 않은 범죄를 구실로 이 세상에서 없이하여 버린다 하는 것은 더 큰 죄악이 아닐까요. 적어도 우리 예술가에게는 그렇게 생각됩니다."

K씨는 마주앉은 노인에게서 편지를 받아서 서랍에 집어넣었다. 새빨간 저녁 해에 비치어서 그의 늙은 눈에는 눈물이 반득였다.

2장

명문
. . . . . .

전 주사(主事)는 대단한 예수교인이었습니다.

양반이요 부자요, 완고한 자기 아버지의 집안에서, 열일고 여덟까지 맹자와 공자의 도를 배우다가, 우연히 어느 날 예배당이라는 곳에 가서, 강도(講道)하는 것을 듣고, 문득 자기네의 삶의, 이상이라는 것을 모르고 장래라는 것을 무시하는 것에 놀라서, 그날부터 대단한 예수교인으로 변하였습니다.

그는 예수를 믿으면서 맨 처음 일로 제 아내를 예수교인이 되게 하였습니다. 동시에, '님자'이고, '여편네'이고, 떡하면 '이년'이던 그의 아내는 '당신'이요, '마누라'요, '그대'인 아내로 등급이 올랐습니다.

그는 머리를 깎아버렸습니다. 그리고 제 아버지와 어머니에게까지 예수교를 전해보려 하였습니다.

"네나 천당인가엘 가라."

어머니의 대답은 이것이었습니다.

"천당? 사시 꽃이 피어? 참 식물원에는 겨울에도 꽃이 피더라, 천당까지 안 가도… 혼백이 죽지 않고 천당엘? 흥, 이야긴 좋다. 네, 내말을 잘 들어라, 사람이 죽는다는 것은, 혼백이 죽느니라. 몸집은 그냥 남아 있고… 몸집이 죽는게 아니라, 혼백이 죽어 혼백이 천당엘 가? 바보의 소리다. 바보의 소리야. 하하하하."

아버지는 비웃는 듯이 이렇게 대답해오다가, 갑자기 고함쳤습니다.

"이 자식! 양반의 집안에서 예수? 중놈같이 대구리를 깎고. 다시 내 앞에서 그댓 소릴 했다가는 목을 자르리라."

전 주사는 아버지와 아버지의 혼을 위하여 기도를 하면서, 자기네의 방으로 돌아왔습니다.

평화롭고 점잖고 엄숙하던 이 집안에는, 예수교가 뛰어들어오자부터 온갖 파란이 일어났습니다.

"나는 너희에게 평화를 주려고 온 것이 아니라, 오히려 분쟁을 일으키러 왔느니라."

고 한 예수의 말씀은, 그대로 이 집안에서 실현되었

습니다. 칠역(七逆) 가운데 드는 무서운 죄악을, 전 주사는 맨날과 같이 범하였습니다.

미신이라는 것을 한 죄악으로까지 보던 아버지는, 전 주사가 예수를 믿기 시작한 뒤부터는, 아들을 비웃느라고 맨날 무당과 판수를 집안에 불러들여서 집안을 요란하게 하였습니다.

"우리 자식 놈의 예수와, 내 인복 대감과 씨름을 붙여놓아라."

이러한 우렁찬 아버지의 웃음소리가 때때로 안방에까지 들리도록 울렸습니다 그런 때마다 착하고, 효성 있는 전 주사는 눈물을 흘리면서 골방에 들어가서 아버지를 위하여 기도드렸습니다.

이 무섭고 엄한 집안에 들어온 예수교는, 집안이 집안인지라 가지는 널리 못 퍼졌지만, 그러나 뿌리는 깊게 뻗쳤습니다. 온갖 장해와 박해 아래서도 전 주사의 내외의 마음속에는 더욱 굳건히 이 뿌리가 들어박혔습니다.

"하늘에 계신 아버지여. 이 제 육신의 아버지의 죄를 용서해주십시오. 그 착한 이외다, 남에게 거리끼는 일은 하나도 안 하는 사람이외다. 다만 한 가지, 그는 전지전능하신 하나님의 선지식을 모르는 것뿐이 죄악이라면 죄악이겠습니다. 딴 우상을 섬기는 것이 당신께는 가장 큰 죄악이겠지만, 이 육신의 아버님이 딴 우상을 섬기시는 것은, 결코 자기의 마음에서가 아니라, 다만 나를 비웃느라고 하는 일에 지나지 못합니다. 그의 그 죄를 용서해주십시오."

그는 흔히 이런 기도를 골방에서 드렸습니다.

어떤 날, 이날도 그는 이러한 기도를 드리고, 골방에서 나오노라니까(며느리의 방에는 아직 들어와 보지 못한) 그의 아버지가, 골방문밖에 서 있었습니다. 전 주사는 아버지의 위엄 있는 얼굴에 놀라서, 그만 그 자리에 굴복하고 앉고 말았습니다.

"얘 고맙다. 하나님한테 이 내 죄를 용서하라고? 이전 대과 는 자기 철이 든 이래, 죄라고는 하나도 범하지 않은 사람이다. 내 죄를? 이 자식! 네 아비의 죄가 대저 무엇이냐! 대답해라."

전 주사는 겨우 머리를 조금 들었습니다.

"아버님, 말씀드리겠습니다. 아까 하나님께도 기도 올렸거니와, 아버님은 다른 잘못이라는 것은 없는 분이지만 하나님 밖에 다른 신을 섬기시는 것이 가장 큰 죄악의 하나올시다."

"하하하하. 너의 하나님도 질투는 꽤 세다. 얘, 내 말을 꼭 명심해서 들어라. 이 전 대과는 다른 죄악보다도 질투라는 것을 제일 미워한다. 너도 알다시피, 첩을 두지 않는 것만 보아도 여편네 사람의 질투를 얼마나 싫어하는지 알겠지. 나는 질투 심한 너의 하나님은 섬길 수가 없다. 하하하하, 너의 하나님은 여편넨가 보구나."

아버지는 별한 찢어지는 소리로 웃음치고, 문밖으로 나가버렸습니다.

전 대과의 아들 전 주사는 예수를 믿는 죄 때문에 얼마 뒤 그만 아버지의 집에서 쫓겨났습니다. 그가 쫓겨 나올 때, 어머니가 몰래 그의 손에 돈 1,000원어치를 쥐어주었습니다.

그는 아버지의 집에서 쫓겨 나오면서도 결코 아버지를 원망하지 않고, 오히려 아버지의 하느님을 저품 하지 않는 태도 때문에 눈물을 흘렸습니다.

그는 조그마한 가가를 하나 세내어가지고, 잡저자를 시작하였습니다.

예수에게 진실하고 열심인 만큼, 그는 장사에도 또한 열심이고 정직하였습니다. 이 세상에 덕이 셋이 있으니, 첫째는 예수 믿는 것이요, 둘째는 정직함이요, 셋째는 겸손한 것이라는 것이 전 주사의 머리에 깊이 박혀 있는 신념이었습니다. 그는 온갖 일을 이 '덕'이라는 안경으로 비추어보면서 행하였습니다. 그는 예수의 출생 전에 세상을 떠난 공자와 맹자를 위해서까지 기도를 드렸습니다.

정직함과 겸손함을 푯대 삼는 그의 장사는 날로 흥하였습니다. 아래로는 어린애의 코 묻은 5푼짜리 동전으로부터 위로는 10원, 100원짜리의 지폐가 그의 집에 들락날락하였습니다.

그의 장사는 날로 흥하였지만, 그의 밑천은 결코 늘지 않았습니다.

그는 이전에 자기 아버지의 집에 있을 때는 몰랐지만 이와 같이 세상에 나온 뒤에 자기 아버지의 평판이 대단히 나쁜 것을 보았습니다. 다른 것이 아니라, 인색하다는 것이외다.

"아버지도 그만한 재산이 있으면 남한테 좀 주어도 좋은 것을…"

그는 처음에는 이렇게 생각하였지만, 자기의 장사에서 이익이 나는 것을 본 뒤부터는 그 이익을 모아서 100원, 500원씩 아버지의 이름으로 여기저기 기부를 하였습니다. 그리고 혼자서 마음으로 아버지를 위하여 하는 일이라고 기뻐하고 하였습니다.

"여보, 마누라. 아버님이 인색하시단 말도 인젠 조금 줄었겠지요?"

어떤 날 그는 아내에게 이렇게 말하였습니다.

"네. 며칠 전에 거리에 서 있노라니깐 지나가는 사람들의 이야기에, 아버님께서 불쌍한 사람에게 기부를 하신 일이 신문에 났다고 늘그막에 선심을 시작하신 모냥이라고들 하는 모냥입디다."

"신문에?"

그는 그날부터 신문을 사 보기 시작하였습니다.

그는 어떤 때 어느 예배당을 짓는 데 아버지의 이름으로 1,000원을 기부하였습니다. 그리고 그날부터 신문에 그 일이 나기를 기다렸습니다.

이삼 일 뒤에, 그는 신문을 뒤적이다가 고함을 치면서 그 신문을 들고 방안에 뛰어들어갔습니다. 신문에는 커다랗게 전성철(田聖徹) 대감이 돈 1,000원을 예배당 건축에 기부하였다는 말이 씌어 있었습니다.

"여보 마누라 기도드립시다. 하나님이여, 제 아버지의 죄를 이것으로 얼마라도 용서해주십시오. 예수의 공

53

로까지 빌어서 당신께 원하옵니다. 아멘, 아, 마누라, 이것 보오, 아버님도 기뻐하시겠지."

그리고 이삼 일이 또 지났습니다. 그날 저녁 몇 해를 서로 보지 못했던 아버지의 집 차인 이 문득 그를 찾아와서, 돈 1,000원을 주며 아버지의 말을 전갈하였습니다. 그 말은 대략 이러하였습니다.

"내 이름으로 예배당에 돈 1,000원을 기부한 일이 신문에 났기에, 알아보니깐 네가 가지고 왔다더라. 이 뒤에는 결코 내 이름을 팔아먹지 마라. 예수당에 기부? 예수당에 기부할 돈이 있으면 전장을 사겠다. 그 돈 1,000원을 도로 찾아서 보내니, 결코 다시는 그런 짓을 마라!"

그는 이 말을 듣고 아버지를 위하여 눈물을 흘렸습니다. 그리고 이튿날 다시 그 예배당에 가서, 신문에 내지 않기로 하고 다시 그 1,000원을 기부하였습니다.

세월은 흘러서 10여 년이 지났습니다. 스무 살쯤 하여 아버지의 집에서 쫓겨난 전 주사는 어느덧 서른 살이 되었습니다.

그러나 그의 살림은 조금도 변하지 않았습니다. 장사에서 이익이 나면 아버지의 이름으로 기부를 하고, 맨날 아버지와 어머니의 영혼을 위하여 기도하고, 정직하고 겸손하게 장사를 해나가고… 그리하여 그가 서른 살 되던 해에, 그의 아버지는 문득 병에 걸려서 위독하게 되었습니다.

맏아들이요, 외아들인 그는 위독한 아버지의 앞에 돌아갔습니다.

그는 굵은 핏줄이 일어서 있는, 이전에는 든든했던 아버지의 싯누런 손을 잡고 쓰러져 울었습니다. 아버지는 힐끗 그를 본 뒤에,

"우리 예수꾼."

한 뒤에, 성가신 듯이 눈을 감고 말았습니다. 그러나 전 주사는 그 아버지의 감은 눈 아래 감추어져 있는 오래간만에 만나는 부자로서의 따뜻한 사랑을 보았습니다. 그는 흐느끼는 소리로 그 자리에 엎드려 기도를 드렸습니다. 이 가련하고 착한 영혼을 위하여, 그는 몇만 번 드린 가운데서 그중 훌륭한 기도를 하나님게 드렸습니다.

아버지의 눈은 잠깐 떨리다가 열렸습니다.

"너, 날 위해서 기도하냐? 흥! 예수꾼."

아버지는 고즈넉이 말을 시작하다가, 갑자기 아들의 쥐고 있는 손을 뿌리치면서 고함쳤습니다.

"저리 가라! 썩 가! 애비의 임종에서까지 우라질 하나님! 너의 예수당에 가서나 울어라, 가!"

전 주사는 혼이 나서 두어 걸음 물러앉았습니다. 어머니도 놀라서 전 주사를 붙들고 떨고 있었습니다. 그러나 전 주사의 기도는 멎지 않았습니다. 전 주사는 물러앉아서도, 이 착하지만 선지식을 모르는 애처로운 영혼을 위하여 기도를 속으로 드렸습니다.

잠깐이 지났습니다. 아버지는 연하여 성가신 듯이 코를 킁킁 울리다가, 눈을 감은 대로 아들을 오라고 손짓을 하였습니다.

"기도해라! 아무 쓸데없지만 네가 하고 싶으면 해라. 그러나 내게는 하나님보다 네가 귀엽다. 차디찬 애비의 손을 녹여 다고…"

전 주사는 아버지의 손을 잡고 엉엉 처울었습니다.

밤이 깊어서 대과 전(前) 재상, 전성철은 세상을 떠났습니다.

좀 인색하다는 평판은 있었지만, 한때의 귀인 전 대과의 죽음은 만도가 조상하였습니다. 조상객이 구름과 같이 모여들었습니다.

전 주사는 무엇이 무엇인지 모를 범벅인 혼잡 천지

에서 어망처망 하다는 듯이 눈이 멀진멀진 조상객들을 맞고 있었습니다. 사실 거리의 조그마한 상인인 '전 서방'에서 대가의 맏상제로 뛰어오른 전 주사는, 무엇이 무엇인지 분간을 못하였습니다. 그는 다만 하나님 뿐을 힘입으려 하였습니다.

전 주사가 새 대감으로 들어앉은 뒤에 처음으로 한 일은, 아버지의 유지(遺志)라는 이름 아래서, 이 도회에 50만 원이라는 커다란 돈을 먹여서 큰 공회당을 하나 만들어놓은 것이외다. 그 공회당을 성철관(聖徹舘)이라 이름하였습니다.

뭇 사람은 그 공회당 낙성식에 모여서, 없는 전 대과의 혼백을 축복하였습니다.

전 주사는 만면에 웃음을 띠고 이 낙성식에 참여하였다가, 자기 집으로 돌아와서 아내에게 이렇게 말하였습니다.

"여보 마누라, 참 돈으로 이런 영광을 살 수 있다니 이런 기쁜 일이 어디 있겠소? 아아, 아버님께서… 여보, 기도합시다."

이와 같이 돈과 영광의 살림을 하면서도, 그는 결코 사치하게 지내지를 아니하였습니다. 아니, 사치하게 지내려 하여도 지낼 수가 없었습니다. 기름기 많은 고기를 그의 위는 소화를 못하였습니다. 인력거를 타고 다니면 그는 발이 저려서 참을 수가 없었습니다. 그는 이전의 장사할 때와 마찬가지로, 채소를 먹고, 5전짜리 담배를 먹으며 10리가 되는 길도 걸어다녔습니다. 그리고 그의 재산의 수입의 남는 것은 모두 자선에 써버렸습니다.

그러나 마귀는 아무런 구멍으로라도 들어옵니다. 전주사의 집안에도 재미없는 일이 생겼습니다.

70이 넘은 그의 어머니는 좀 정신이 별하게 되었습니다. 40이 가까운 며느리가 아직 아들 하나도 낳지 못한 것을 처음은 좀씩 별하게 말해오던 어머니는, 차차 온갖 사람에게 대하여 그것을 큰일(큰일에는 다름없지만)과 같이 지껄이고 하였습니다.

"계집년이 방정맞으니깐 아들 하나도 못 낳고 맨날 하나님 하나님, 하나님이 제 서방이야?"

이런 말이 나올 때는 그는 어쩔 줄을 모르고 골방에 뛰어 들어가서, 이 무서운 말을 하는 어머니를 위하여 기도하였습니다.

그러나 어머니의 그것은 노망이라는 병 때문인지라, 그의 아내에게 뿐 아니라, 종들이며 장사배에까지 못 견

디게 굴었습니다.

"내가 늙은이라고 너희 년(혹은 놈)들이 업신여기는고
나. 흥! 내가, 아아, 이런 원통한 일이 어디 있나!"

하면서 벼락같이 뜰에 쓰러져서 우는 일도 흔히 있
었습니다. 뿐만 아니라, 얼굴 좀 반반한 계집종을 밤중에
전 주사 내외의 방에 들여보내는 일도 한두 번이 아니었
습니다. 그것을 전 주사가 서너 번 물리친 다음부터는,
아직껏, 아들은 얼마간 저품하던 어머니가 아들에게까
지 그렇게 굴었습니다.

"너희 젊은 연놈들이 이 늙은 년 하나를 잡아먹누
나, 이 전문(田門)의 종자를 끊으려는 연놈들, 그럼 내라
도 아들을 낳아서 이 집을 잇게 하고야 말겠다. 고약한
연놈들."

그러면서 그는 그 뒤에 집에 사람이 오면 매양 그 사
람을 붙들고 얌전한 영감을 하나 구해달라고 야단하였
습니다.

어떤 날, 뜰에서 무엇이 잘못되었다고 중얼거리고 있
는 어머니의 뒷모양을 전 주사가 한심스레 창경으로 내
다보고 있을 때에, 사내종 녀석이 하나 지나가다가 뒤에
서 흉내를 내며 주먹질을 하는 것을 발견하였습니다.

전 주사는 어떻게든 어머니를 처치하여야겠다고 생각하였습니다.

참말, 어머니의 살림은, 아무 가치가 없는 것이외다. 전 주사 자기는, 이 세상에 독일이란 나라가 있고, 거기 베를린이라는 도회가 있는 것까지 알고 있는데, 어머니는 대국이라는 나라가 어느 쪽에 붙었는지도 모릅니다. 이런 가련한 인생이 어디 있겠습니까? 그것뿐 아니라, 노망을 하기 때문에, 자기 집안에 부엌이 어느 쪽에 붙었는지까지, 간간 잊어버리는 일이 있고, 자기에게 손주가 있었는지 없었는지도 몰라서 때때로 서두 없이, 손주(게다가, 복손이라는 이름까지 붙여서)를 좀 데려다 달라고 간청을 하고 합니다. 그리고 종년 종놈들에게 주먹질이나 받고…

그와 같은 사람은 하루를 더 살면 그만큼 자기 모욕의 행동이라고 전 주사는 생각하였습니다. 그리고 결론으로는, 자기 어머니와 같은 사람은 없어버리는 것이 없는 자기를 위함이고, 또한 남을 위함이라고 생각하였습니다.

어머님께 효도를 하기 위하여는, 어머니를 저세상으로 보내는 것이라고까지 생각하였습니다. 참말, 사면에서

욕보는 어머니의 모양은, 마음 착한 전 주사로서는 볼 수가 없었습니다.

"하나님이여. 당신은 이 세상에 죄악이 너무 퍼졌을 때에 큰 홍수로써 세상을 박멸한 하나님이외다. 지금 제 어머니 때문에, 저는 어머니를 미워하는 대역의 죄를 지으며, 어머니께서도 맨날 고생으로 지내실 뿐 아니라, 집 안의 몇 식구가 잠시도 마음을 놓을 수가 없습니다. 제 이 어머니를 하나님 앞에 돌려보내는 것이, 가장 착하고 적당한 일인 줄 저는 생각합니다."

뿐만 아니라 이제 1년을 더 살지 못하시리만큼 몸이 쇠약한 것은 아무도 아는 사실이요, 이제 더 산다는 그 1년이 또한 다만 어머니의 껍질을 쓴 한 바보에 지나지 못하는지라, 그가 어머니를 죽인다 할지라도 그것은 어머니가 아니요, 벌써 송장이 된 어떤 몸집에 조금 손을 더하는 것에 지나지 않겠습니다. 그는 그 벌써 송장으로 볼 수 있는 어머니의 몸에 조금 손을 더하려고 작정하였습니다.

이틀 뒤에 그의 어머니는, 몹시 구역을 하고, 그만 세상을 떠나버렸습니다.

한 달 뒤에 그는 호출장으로 검사정에 가 서게 되었

습니다.

그는 서슴지 않고 온갖 일을 다 말하였습니다. 그는 그날 밤부터 구치감에서 자게 되었습니다. 또 한 달이 지났습니다. 존친족고살범(尊親族古殺犯)이라는 명목 아래서 그의 공판이 열렸습니다. 그는 두말없이 사실을 부인하였습니다.

"아, 천부당만부당하신 말씀이외다. 제가, 그 인자하신 어머니께 손을 대다뇨. 천만에… 어차피 1년 이내에 없을 수명이시고, 게다가 그 당시에도 살아 계시달 수가 없는 이를, 마음 편히 주무시게 한 뿐이지 어머니를 내 손으로… 참 천부다만부당…"

검사가 일어서서 반박하였습니다. 1년 이상 더 살지 못할 사람은 죽여도 괜찮다는 법은 어디 있어. 이제 5분 내지 10분의 여명(餘命)이 있는 병인을 죽일지라도 훌륭한 살인범이거늘, 이제 1년? 그 논조로 가면 이제 50년, 혹은 년 남은 여명이라고 70 죽여버려도 괜찮다는 말로써, 피고의 말 핑계는 핑계도 되지 않는다…

"당신과 말싸움은 안 하겠습니다."

그는 검사가 어찌하여 그런 똑똑한 이치도 모르는고 하고, 그만 이렇게 대답하고 말았습니다.

재판관은 다시 전 주사에게 물었습니다.

"좌우간 죽은 것은 사실이지?"

"아니올시다."

"말을 바꾸어서 하마. 그럼 어머니를 '주무시게' 한 것은 사실이지?"

"네 그렇습니다."

"그것은 훌륭한 죄가 아니냐?"

"그럴 리가 없습니다. 어머님을 가련한 경우에서 건져내는 일이지, 결코 못된 일이 아니올시다."

"그래도 사람을 죽이…"

"아니올시다."

"사람을 잠재우는 것이 죄가 아니야?"

"그 사람을 구원하려고 잠재운 것은 오히려 상받을 일이올시다."

재판은 이와 같이 끝이 났습니다.

열흘 뒤에 그는 사형의 선고를 받았습니다.

그때에 그는,

"하나님뿐이 아시지, 당신네는 모릅니다."

이렇게 대답하였습니다.

"억울하냐?"

"원죄올시다."

"제 애미를 죽…"

"아니올시다."

"잠재운 것(재판관은 씩 웃었습니다)은 죽어도 싸지."

"당신네는 모릅니다. 하나님뿐이 아시지."

"억울하면, 공소해라."

"그 사람이 그 사람이지요. 하나님 앞에 가서 다 여쭐 테니깐……"

그는 머리를 수그리고 나왔습니다.

형을 행하는 날, 교회사가 그에게 회개를 하라고 하였습니다. 전 주사는 한마디로 거절하였습니다. 나는 회개할 일이 없습니다. 하나님의 뜻대로 어머니를 주무시게 한 것은 죄가 아니외다. 당신네들의 법률의 명문(明文)에 그것을 사형에 처한다 했으면 그대로 할 것이지, 그밖에 내 마음까지 간섭치는 말아주. 나는 하나님을 저품하는 예수교인이외다. 십계명 가운데 다섯째에, 부모께 효도하라신 말씀을 지킨 뿐이외다… 그는 이렇게 대답하였습니다.

한 시간쯤 뒤에, 그의 혼은, 그의 몸집에서 떠났습니다.

그의 몸집을 떠난 혼은, 서슴지 않고 천당으로 가서, 문을 두드렸습니다.

천당의 사자에게 이끌려, 그의 혼은 천당 재판석에 이르렀습니다. 재판석에서, 재판관은 그에게 그의 전생의 일동일정(一動一靜)을 모두 이야기하라고 명하였습니다. 그는 하나도 빼지 않고 다 아뢰었습니다.

"응, 그다음에 세상에서 네가 행한 가운데, 그중 양심에 쓰리던 일을 아뢰어라."

"없습니다."

"없어? 그러면 그중 양심에 유쾌하던 일을 아뢰어라."

"그것은 두 번이었습니다. 첫번은 아버님이 없는 뒤에, 아버님의 이름으로 큰 공회당을 세운 일이외다. 아직껏 인색하다고 아버님을 욕하던 세상이, 일시에 아버님의 만세를 부를 때에 어쩔 줄 모르게 기뻤습니다."

"또 하나는?"

"어머님을 주무시게 한 것이외다. 그것 때문에 첫째로는 어머님의 명예를 보존했고, 둘째로는 어머님의 없음으로 집안 모든 사람이 유쾌하게 마음 놓고 살 수 있게 되었고, 그것 때문에 어머님께서는 저절로 선행을 하신 셈이 됐습니다."

재판관은 잠시 뚫어지도록 그의 혼을 바라보다가 좌우를 돌아보며,

"저 혼을, 지옥으로 갖다 가두어라."

고 명령하였습니다. 전 주사의 혼은, 처음은 그 뜻을 알지 못하여 잠자코 있었습니다. 그러나 사자 둘이 와서 그의 손을 붙잡을 때에, 그는 무서운 힘으로 사자들을 떨쳐버리고 고함쳤습니다.

"저를 왜 지옥으로 데려가시렵니까? 대체 당신은 누구외까?"

"나?"

재판관의 날카로운 눈은 번득였습니다.

"나는 여호와로다."

"네? 당신이 하나님이외까? 그럼, 당신은 잘 아실 테외다. 저는 지옥에 갈 죄는 없습니다. 저는 제 행한 모든 일이 다 잘한 일로 압니다."

"내 말을 들어라 첫째는. 너는 애비의 죽은 뒤에 애비의 이름으로 기부를 하였다. 하나, 이 천당에서는 소위 명예니 무엇이니는 부인한다. 다만 네가 거짓, 애비 이름을 팔아서 세상을 속인 것뿐을 사실로 본다. 아홉째 계

명에 거짓말하지 말라고 하였는데, 그것은 훌륭한 거짓말이 아니냐?"

"그러면 어머님을 편안하게 한 것은, 다섯째 계명에 효도하라는…"

"효도? 부모를 죽인 자가 효도? 네 말로는 어머니를 괴로움에서 건지려 하였다 하나, 그 당시에 네 어미는 아무 고통도 모르고 있지 않았니? 그 어미를 죽인 것이, 여섯째 계명을 어기지 않았냐?"

"그러나 마음은 어머님께 효…"

"마음? 마음만 좋으면 아무런 죄를 지을지라도 용서받을 줄 아는냐?"

"그렇습니다. 당신께서는 사람의 마음을 꿰뚫어 들여다보시고, 마음의 죄악까지 다스리시는…"

"아니다, 아니야. 이 말 저 말 할 것 없이, 네 생에 가운데 그중 양심에

유쾌한던 일이 제5, 제6, 제9의 계명을 범한 것이니깐, 다른 것은 미루어 알 수가 있다. 야, 이사람을 지옥으로 데려가라!"

"그러나 세상에서 그렇지, 여기는 명문과 규율 밖에, 더욱 긴한 것이 있지 않습니까?"

하나님은 눈을 내리뜨고 잠시 동안 전 주사의 혼을 내려다보다가 웃었습니다.

"하하하하, 여기도 법정이다."

3장
K박사의 연구

"자네 선생은 이즈음 뭘 하나?"

나는 어떤 날 K박사의 조수로 있는 C를 만나서 말 끝에 이런 말을 물어보았다.

"노신다네."

"왜?"

"왜라니?"

"그새 뭘 연구하고 있었지?"

"벌써 그만뒀지."

"왜 그만둬?"

"말하자면 장난이라네. 하기야 성공했지. 그렇지만 먹어주질 않으니 어쩌나."

"먹다니?"

"글쎄. 이 사람아, 똥을 누가 먹어."

"똥?"

"자네 시식회에 안 왔었나?"

"시식회?"

C의 말은 전부 '?'였다.

"시식회까지 모를 적에는 자네는 모르는 모양일세 그려. 그럼 내 이야기해줄게 웃지 말고 듣게."

이러한 말끝에 C는 K박사의 연구며 그 성공에서 실패까지의 이야기를 들려주었다.

맬서스라나… '사람은 기하학급으로 늘어나고 먹을 것은 수학 급으로밖에는 늘지 못한다'고 이런 말을 한 사람이 있지 않나. 박사의 연구도 이 말을 근본 삼아가지고 시작되었다네.

어떤 날(여름일세) 박사는 책을 보고 있고 나는 다른 생각을 하면서 같이 앉았노라는데 박사가 머리를 번듯이 들더니,

"자네, 똥 좀 퍼 오게."

하데 그려. 이게 무슨 말인지 알 수 있겠나. 그래서 똥이란 대변이냐고 물었더니, 대변 아닌 똥도 있느냐고 그래. 그래서 무슨 검사라도 할 일이 있는가 하고,

"뉘 변을 말씀이외까?"

했더니 벌컥 성을 내면서 뉘 똥이든 퍼오라데 그려.
너무 어망처망하여 가만있었지. 글쎄(의사는 아니지만) 검
사라도 할 양이면 뉘 변이든 지적을 해야 하지 않는가.
그래서 박사의 얼굴만 바라보고 있노라니깐 채근도 없
어. 흥, 잊었구나 하고 다시 앉으려 하니까,

"퍼 왔나?"

하면서 일어서데 그려. 자, 이렇게 채근까지 하는 것
을 보면 농담도 아니야. 할 수 없이 변소에 가서 냄새나
는 것을 조금 퍼다가 박사께 드렸네 그려. 그것을 힐끗
보더니 조금만 퍼 왔다고 또 성을 내거든. 나도 슬그머니
결이 나데 그려. 그래서 다시 가서 한 바가지 수북이 퍼
왔지, 그러니깐 만족하다는 듯이 웃더니 실험옷의 팔을
걷으면서 나도 연구실로 가자고 그래.

자네도 알다시피 내야 이학상(理學上) 지식이야 어
디 조금이라도 있나. 단지 박사의 서기로 들어가 있는 사
람이니깐 좌우간 알든 모르든 따라 들어갔지. 박사는 똥
을 떠가지고 현미경으로 시험관에 넣어서 끓이며 세척하
며 전기로 분해하며 별별 짓을 다 해보더니 그래도 마음
대로 되지 않는지 저녁까지 굶어가면서 밤새도록 가지고
그러데 그려. 아무리 전기환기 장치를 했다 해도 그 냄새

는 참 죽겠데. 코가 저리고 눈이 쓰리고. 나는 참다 못해 슬그머니 나와 버렸네 그려. 그랬더니 새벽 2시쯤 찾아. 그래서 가보니깐,

"이게 새 똥이냐, 낡은 똥이냐?"

또 묻데 그려. 내니 어찌 알겠나, 변소에서 퍼 온 뿐이지. 변의 신구(新舊)야 알 리가 있겠나. 그래서 모르겠다고 그러니깐,

"낡은 겐 모양이군. 다 썩었어. 낡은 게야."

혼자서 중얼중얼하더니 나더러 새 똥 좀 누라데 그려. 나도 성미가 그다지 곱지 못한 사람이라 마렵지 않노라고 해버리니깐 박사는 근심스레 머리를 기웃기웃하더니,

"나두 그리 매렵지 않는걸."

하면서 그릇을 가지고 저편 방에 가더니 마렵지 않다던 사람이 웬걸 그다지 누었는지 한 그릇 무더기 담긴 것을 가지고 들어오데 그려. 아, 우습기도 하고 잠 못 자는 것이 일변 성도 나고 그래서 '밤참으로는 넉넉하겠습니다'고 쏘아주려다가 그래도 박사가 '마지메(진지)'하게 들여다보고 있는 것을 보니깐 그러지도 못하겠어.

그래서,

"전 먼저 자겠습니다."

하고 나와서 내 방으로 가서 자버렸지.

그 이튿날부터는 박사는 꼭 연구실에 틀어박혔는데 음식까지 그 냄새나는 방에서 먹고 하는데 오히려 불쌍한데. 땀을 뻘뻘 흘리면서 더러운 물건을 이리 주무르고 저리 주무르는 양은 우습기도 하거니와 한쪽으로 생각하면 그 사치하게 길러나고, 아무 고생이며 더러움을 체험해보지 못한 박사가 연구 때문에 얼굴을 찌푸리고 냄새나는 방에서 음식까지 먹으며 밤잠까지 못 자며 돌아가는 것은 어떻게 엄숙해 보이기도 하고 존경할 생각도 나데.

이러구러 몇 달이 지났네. 무얼 하는지는 모르지만 대변을 분석해가지고 무슨 유효 성분을 얻어보려는 것을 알겠데. 좌우간 낡은 똥은 쓸 수가 없다 해서 그 뒤부터는 집안 하인의 변까지 죄 그릇에 누어서 박사의 연구실로 들어가게 되었네 그려. 그러니깐 변소는 늘 소변밖에는 아무것도 없었지. 집안사람들이라야 박사와 나와 행랑식구 세 사람과 식모 하나 침모 하나와 사환애 둘이었는데, 때때로는 그 아홉 사람의 것으로 부족될 때가 있어. 그런 때는 박사는 가족이 20인이며 30인이며 하는 사람들을 슬며시 부러워하는 기색까지 보이는데 연구 재료가 부족해서 박사가 안타까워하며 발을 동동 구를 때는 너무 미안스러워서 될 수만 있으면 서너 동이씩 만 들어보고 싶데.

그러는 동안에 시골 계신 할머님이 세상을 떠나서 나는 시골 내려가서 한 달쯤 있다가 가을에야 다시 올라 왔네 그려. 그래서 곧 박사네 집으로 가서 짐을 푼 뒤에 복동이(사환애)에게 물으니깐 박사는 역시 연구실에 있다 하기에 들어가서 인사를 드렸네. 박사는 무엇을 먹고 있 었는데 몹시 반겨 하면서 와서 같이 먹자고 그래. 오래간 만에 맡으니깐 냄새는 꽤 지독하데.

연구실 한편 모퉁이에 조그마한 책상을 놓고 거기서 박사는 점심을 먹고 있는데, 나도 오라기에 교자를 하나 끌고 그리로 갔지. 점심조차 떡 비슷한 것인데 맛은 '고깃 국물을 조금 넣고 만든 밥'이랄까 좌우간 그 비슷한맛이 나는 아직껏 먹어보지 못한 물건이야. 그래서 혹은 양식 인가 하고두어 덩이 소금을 찍어 먹으니깐,

"맛 좋지?"

하고 묻데 그려. 그래서 괜찮다고 하니깐,

"뜸내도 모르겠지?"

하고 또 웃데 그려.

"?"

아닌 게 아니라 냄새가 좀 나기는 하는 것을 이 방 안의 공기 탓이라고하고 그냥 먹었네 그려.

그렇지만 박사의 그 말을 듣고 나니깐 혀 아래서 맑은 침이 핑그르 돌더니 걷잡을 사이 없이 구역이 나겠지. 그래서 변소로 가려고 일어서려다가 그만 그 자리에 욱하니 토해버렸네.

"왜 그러나? 왜 그래. 야 복동아, 수남아."

하면서 박사는 일어서서 나를 붙들어다가 소파에 뉘려는데 그려.

아, 결도 나고 성도 나고 그래서 괜찮다고 하고 박사를 밀쳐버리고

'대체 그 먹은 것이 무엇인가'고 물었네.

둔감한 박사는 내가 토한 원인을 그때야 처음으로 안 모양이데 그려.

"먹은 것? 응 그것 말인가? 그것 때문에 토했나? 난 또 차멀미로 알았군. 그건 순전한 자양분일세, 하하하하하(박사는 웃을 경우에는 웃을 줄을 모르고, 웃지 않을 경우에는

잘 웃는 사람이라네)! 건락(乾酪), 전분, 지방 등 순전한 양소화물(良消化物)로 만든 최신최량원식품(最新最良原食品)."

"원료는… 그…"

"그렇지, 자네도 알다시피 그…"

나는 그 말을 채 듣지도 않고 다시 일어서면서 토했지. 좀 메스껍기도 하고 성도 나는 김에 박사의 얼굴을 향하여 토했네 그려. 박사도 놀란 모양이야.

"아, 이 사람두. 야, 수남아… 복동아…"

그때 결나는 것을 보아서는 박사를 한 대 쥐어박고 싶기는 하지만 꿀꺽 참고 내 방으로 돌아와서 이불을 쓰고 눕고 말았지. 그 뒤 사흘 동안을 음식 하나 못 먹고 앓았네. 글쎄, 구역에 음식을 어찌 먹겠나.

아무것이라도 뱃속에 들어만 가면 잠시를 머물러 있지 않고 도로 입으로 나오데 그려. 아무것을 먹어도 그 냄새가 나는 것 같아.

박사는 미안한지 진토제(鎭吐劑)를 주면서 잠시도 내 곁을 떠나지 않고 몸소 간호하겠지. 그러면서 연거푸 자양분만 뽑아서 정제한 것이니깐 아무 불쾌할 리가 없다고 설명해주네 그려. 아닌 게 아니라 그러고 보니깐 나도 미안하데. 무슨 악의로써 내게다가 그것을 먹인 바도 아니요, 박사 자기도 먹으면서 내게도 좀 준 것이니 말하자면 원망할 것도 없어. 박사의 말마따나 무슨 부정한 것이 섞인 바도 아니요, 과학의 힘으로써 가장 정밀히 만든 것이겠으매 웬만한 음식점의 음식들보다는 훨씬 깨끗할 것일세. 그저 내 비위에 맞지 않는다는 것뿐이지……그것을 책임 관념상 박사가 그렇게 미안해하는 것을 보니깐 오히려 내가 미안해오데 그려. 그래서 사흘째 되는 날 일어났지.

"그 음식이 더럽다는 것이 아니라 내 비위에 맞지 않는 것뿐이니깐 그 마음상만 고치면 되겠지요."

그리고 일어나서 먹기 싫은 음식을 억지로 먹으면서 연구실에 드나들기 시작하였네 그려. 처음에는 참 역하데. 박사는 점심은 역시 손수 만든 음식을 먹는데 그것을 보기만 해도 구역이 탁탁 가슴에 치받치는데 참 못 견디겠어. 박사는 먹기는 먹으면서도 미안한지,

"이게 어떻담, 하하하하하."

하면서 먹고 해.

그러는 가운데도 박사는 실험을 거듭하여 몇 가지 조미료를 더 넣을 때마다 자기가 몸소 맛본 뒤에는 연대 감정인으로 차마 내게는 먹어보래지 못하고 복동아, 수

남아, 해가지고는 애들에게 먹어보래지, 그 애들이야말로 아리가타메이와쿠(달갑지 않다)야, 얼굴이 벌개지면서 주인의 명령이라 거역치는 못하고 입에 조금 넣는처럼 한 뒤에는 삼키지도 않고,

"먼젓번 것보담도 더 좋은걸요."

하고는 달아나고 하는 양은 가련해. 그럴 때마다 정직한 박사는 득의만면해가지고 그러려니 하면서 상금으로서 그 애들에게 50전씩 준다네, '감정료'지. 박사의 말에 의지하건대 똥에는 음식의 불능 소화물, 즉 섬유며 결체조직이며 각물질(角物質)이며 장관내(腸管內) 분비물의 불요분(不要分), 즉 코라고 산(酸), 피스린 '담즙점액소'들 밖에 부패산물인 스카톨이며 인돌이며 지방산들과 함께 아직 많은 건락과 전분과 지방이 남아 있는데, 그것은 사람 사람에 따라서 혹은 시간에 따라 각각 다르지만 그 양소화물이 3할에서 내지 7할까지는 그냥 남아서 항문으로 나온다네 그려. 그리고 그 대변 가운데 그냥 남아 있는 자양분은 아무도 돌아보는 사람이 없이 헛되이 썩어버리는데 그것을 어떤 방식으로 추출할 수만 있다 하면은 그야말로 식료품 문제에 위협받는 인류의 큰 복음이 아닌가. 그래서 연구해 그

방식을 발견했대나. 말하자면 석탄의 완전 연소와 마찬가지로 자양분의 완전 소화를 계획하여 성공한 셈이지. 즉 대변을 분석해서 그 가운데 아직 3할 혹은 7할이나 남아 있는 자양분을 자아내어 그것을 다시 먹자는 말일세 그려.

그러니까 사람이 하루에 세 끼씩 먹는 가운데 두 끼는 보통 음식을 먹고, 한 끼분은 그 새로운 주식품을 먹으면 이 지구상의 식료 원품이 3할 이상 늘어가는 셈 아닌가. 이 지구에 지금보다 인구가 3할쯤, 한 5천만 명쯤은 더 많아져도 박사의 연구가 실현만 되면 걱정이 없는 셈일세 그려. 맬서스도 이후에 이런 천재가 나타날 줄은 몰랐기에 그런 걱정을 했지.

좌우간 그러는 동안에 조미(調味)에 대한 연구까지 끝나지 않았겠나. 나는 첫번 모르고 한 번 먹은 뿐 그 뒤에는 절대로 입에 대지도 않았고 박사도 내게는 권하지도 않았으니깐 모르지만 냄새는 마지막에는 꽤 좋은 냄새가 나데. 스키야키 비슷하고도 더 침이 도는 냄새야. 냄새뿐으로는 구미도 들데. 그만큼 되었으니깐 이제 남은 것은 '발표'라 하는 과정일세 그려. 박사는 어림도 없이 발명 경로를 신문에 발표한 뒤에 시식회를 열겠다고 그래. 그것을 내가 우쩍 말렸지. 나는 먹어도 못 보았지만 짐작컨대 맛은 괜찮은 모양인데…

그러니깐 그 맛있는 것을 먼저 먹여놓은 뒤에 이것의 원료를 발표해야지.

먼저 원료를 발표하면 시식회에는 한 사람도 나오지도 않을 것일세 그려.

그렇지 않나. 그래서 말렸더니 박사도 그럴듯한지 내 의견대로 하자고 그러더먼. 그리고 박사와 내가 의논한 결과 그 발명품의 이름은 박사의 이름을 따라 ○○병(餅)이라 하기로 하고 그 ○○병에 대한 성명서를 박사가 초(草)하였네. 지금 똑똑히 기억치는 못하지만 대략 이런 뜻이야.

생어(M.Sanger)라 하는 폭녀가 나타나서 산아제한을 주장한 것을 일부 인도주의자는 눈살을 찌푸렸지만 거기도 상당한 근거가 있는 것을 어찌하랴. 위생관념이 많아가면서 연년이 사람의 죽는 율은 주는데 그에 반하여 이 지구는 더 커지지 않으니까 여기 사람의 나아갈 세 가지의 길이 생겼으니 하나는 '도로 옛날로 돌아가서 이 세상에서 위생이라 하는 것을 없이하고 살인기관으로 전쟁을 많이 하여 사람의 수효를 도태하는

것'이요, 또 하나는 '사람의 출세(出世)를 적게 하는 것'
이요, 나머지는 '아직껏 돌아보지 않던 데에서 식원료
를 발견하는 것'이다. 여인인 생어는 이미 있는 인명을
없이하자 할 용기는 못 가졌었다. 여인인 생거는 신국
면 발견이라 하는 천재적 두뇌도 못 가졌었다. 그는 마
지막으로 고식적 구제책을 발견하였으니 그것이 '산아
제한론'이다.

그러나 독창력과 발명력을 가진 오인(吾人)은 그러한
고식책으로서는 만족하지 못할지니 오인의 연구는 여기
서 비롯하였다. 오인의 매일 배설하는 대변에는 아직 많
은 자양분이 남아 있으니 그 전 분량의 3할 내지 7할, 평
균 잡아서 5할 약이나 되는 자양분은 헛되이 땅속에서
썩어버린다(그리고 대변에 대한 분석표며 그 밖 숫자가 있지만 그
것은 약해버리세).

이것을 헛되이 썩혀버릴 필요는 없다. 이것을 자아낼
수만 있다하면 자아내어가지고 오인의 식탁에 올리는 것
이 오인의 가장 정당한 행위라 아니할 수 없다. 각가지로
각 방면에서 일어나는 온갖 고식적 문제도 그 근본을 캐
자면 인류의 식료품 결핍이라는 무서운 예감 때문에 생
겨난 신경과민적 부르짖음이라 할 수 있으니 인류의 생

활이 유족해지면 온갖 문제와 그 문제의 근본까지 저절로 사라질 것이다. 오인의 연구는 여기서 출발하였다(그리고 연구의 경로도 약해버리지).

이러한 동기 아래서 이러한 경로를 밟아서 생겨난 이 ○○병을 귀하의 식탁에 바치노니 고평(高評)을 바란다, 운운…

이것을 인쇄소에 보내서 썩 맵시나게 인쇄를 해왔겠지. 그리고 크리스마스를 기회로 박사 댁에서 시식회를 열기로 각 방면에 초대장을 보냈네 그려. 그 초대장에는 그저 ○○병이라 할 뿐, 원료며 그 동기에 대해서는 찍소리도 없는 것은 다시 말할 필요는 없겠지.

크리스마스 한 사나흘 전부터는 꽤 분주하데. 겨울이라 대변의 자양분이 썩을 염려는 없어. 그래서 소제부에게 부탁해서 열 통을 사들였네 그려. 그리고 그것을 분석하고 처리하고 하느라고 사나흘동안은 박사, 나, 수남이, 복동이, 임시 조수 두 사람, 모두 다 똥 속에서 살았네 그려. 더럽기가 짝이 있겠나, 에이 구역나, 생각만 해도 구역이 나서 못 견디겠네.

박사도 미안하긴 한 모양이야, 누가 청하지도 않는데 연방 조선 호텔 한턱 쓰지 하면서 복동아, 수남아, 하면서 돌아가데 그려. 크리스마스 전날은 밤까지 새워가면서 모두 만들어놓은 뒤에 당일 아침에는 집을 씻느라고 또 야단이지. 글쎄, 이 방 저 방 할 것 없이 모두 똥내가 배어든 것을 어찌하나. 아닌 게 아니라 독한 놈의 냄새가 배어든 다음에는 빠지질 않아. 물론 약품으로 씻다 못해서 마지막에는 향수를 막 뿌려서 냄새를 감추도록 해버렸다네.

오후 1시쯤 손님들이 왔네. 원래 착하고 교제성이 없는 박사는 정신을 못 차려 이리 왔다, 저리 갔다 하며 일변 웃으며 연거푸 복동아 수남아를 찾으며 조수들을 꾸짖으며 어리둥둥한 모양이야.

신사 숙녀 한 50명쯤 초대한 사람이 거진 모인 뒤에 2시에 식당은 열렸네.

박사의 취지 설명이 있은 뒤에 I신문사 주필 W씨의 답례로써 시식회가 시작되었어. 그런데 시작되자마자 어떤 신문기자 한 사람이 박사를 찾데 그려.

"K박사."

"네?"

"이 ○○병에서 향기롭지 못한 냄새가 좀 납니다 그려."

"?"

이때에 박사의 얼굴의 변화는 내 일생에 잊지 못하겠네. 문득 하얘지더니 웃음 비슷한 울음 비슷한 변한 얼굴을 하더니 별한 신음을 하면서 벌떡 일어서서 연구실로 가. 그래서 나도 따라가려니까 박사는 가던 발을 다시 돌이키며 나를 붙잡더니 내 귀에다 대고 작은 소리라고 하기는 하지만 그리 작은 소리도 아니야. 그런 소리로써,

"야단났네 그려. 스카톨이나 인돌의 반응은 없었지?"

내야 인돌이 뭔지 스카톨이 뭔지 아나, 박사가 시키는 대로 할 뿐이지. 더구나 반응인지야 알 리도 없잖아.

그래도 박사의 그 표정을 보니깐 모른다고 그러지도 못하겠데 그려.

그래서,

"확실히 없었습니다."

고 그랬네. 그러하니깐 그래도 아직 미안미안한지,

"야단났네, 큰일났네."

하면서 어쩔 줄을 모르데 그려.

"아, 선생님 걱정하실 게 뭡니까? 지금 모두들 맛있

게 잡숫는데…"

사실 말이지, 한 사람이 그런 질문을 하기는 했네.
하지만 다른 사람들은 모두 맛있게 먹고 있어. 내 말을
듣고 그 양을 보더니 그제야 박사는 마음이 놓이는지 숨
을 내쉬며,

"좌우간 반응은 없었것다. 확실히 없었어. 여보게 C
군, 그 성명서 돌리게."

하데 그려.

문제는 이게 문제일세. 한창 맛있게들 먹는 판에 당
신네들이 먹고 있는 것이 똥이외다고 알게 해놓으면 무
사할는지 이게 의문이야. 그러나 안 돌릴 수도 없고 그래
서 그 인쇄물을 갖다가 복동이와 수남이를 시켜서 돌렸
네 그려. 그러니깐 어떤 사람은 받아서 주머니에 넣고, 어
떤 사람은 식탁 위에 놓고, 어떤 사람은 읽어보는데 나는
슬며시 빠져서 다른 방으로가 버렸지.

달아는 났지만 그래도 마음이 놓이지 않아서 귀를
기울이고 있노라니깐 무엇이 왝왝하며 콰당콰당해, 뛰어
가 보았지. 하니깐 부인 손님 두 사람과 신사 한 사람이
입에 손수건을 대고 게워내는데, 그리고 몇 사람은 저편
으로 변소 변소 하면서 달아나고, 다른 사람들은 영문

을 모르고 중독되었다고 의사를 청하라고 야단인 가운데 박사는 방 한편 모퉁이에 눈만 멀찐멀찐하면서 서 있데 그려. 이게 무슨 꼬락서닌가. 망신이데 그려. 그래서 박사에게 가서 웬 셈입니까고 물었더니 박사는 우들우들 떨면서,

"야단났네, 망신이야, 큰일났어… 야, 수남아!"

하더니, 우물쭈물 저편 방으로 달아나버리고 말데 그려. 그래서 하는 수 있나. 그래도 이런 일이 생기지나 않을까 해서 내가 몰래 진토제를 준비해두었던 것이 있기에 내다가 임시 조수며 복동이 수남이를 시켜서(초대받았던 의사 몇 사람까지 협력해서) 간호들을 한 뒤에 박사는 몸이 편하지 않아서 못 나온다고 하고 사과를 한 뒤에 손님들을 보내버렸지.

시식회는 이렇게 흐지부지 끝이 났네 그려.

그런 뒤에 박사의 침실에 들어가 보았더니 박사는 몸에 신열까지 나고 헛소리를 탕탕 하고 있지 않겠나. 나도 미안스럽기도 하거니와 딱하데. 그래서 얼음을 갖다가 박사의 머리를 식히면서 한참 간호하니깐야 정신을 좀 차려. 그리고 연하여 야단이다, 망신이다, 어쩌나를 연발하는데 거북살스럽데. 한참 정신없이 눈을 한군데만을

향하고 있다가는,

"여보게 C군, 이 일을 어쩌나? 야단났네 그려/ 이런 괴변이 어디 있겠나?"

하는데 난들 뭐라고 대답하겠나.

"뭘 하리까?"

이런 대답은 하지만 참 거북살스럽기가 짝이 없데. 소위 사회의 일류라는 사람들을 초대해놓고 똥을 먹여 놓았으니 이런 괴변이 어디 있겠나. 세상사에 어두운 박사는 이렇게까지 될 줄은 뜻도 안 했겠지만 나 역시 뜻밖일세 그려. 아니, 나는 이런 일이 있지 않을까 예감은 있었지만 박사의 그 걱정하는 태도를 보니깐 예상외로 나도 겁이 나데 그려. 내 생각으로는 대상인 피해자(?)를 개인 개인으로 여겼지 그것이 합한 '사회'라는 것을 생각 안 했네 그려. 그러니 이제 사회의 명사 숙녀들을 똥을 먹여놓았으니 말썽이 안 생기겠나.

그러는 동안에도 연하여 신문기자가 찾아오며 전화가 오는 것을 복동이를 시켜서 모두 거절해버린 뒤에 그날 오후 종일과 밤을 새워가지고 협의한 결과 말썽이 좀 삭아지기까지 박사와 나는 어떤 시골에 한두 달 숨어있기로 작정을 하였네. 그리고 목적지는 박사의 토지가 몇 백 정보 있는 T군의 박사의 사음(舍音)의 집으로 작정하였네 그려. 그리고 이튿날 아침 첫차로 그리로 뺑소닐 쳤지.

그런데 우리의 생각으로는 신문에서 깨나 와자지껄할 줄 알았더니 비교적 말이 없데 그려. I신문 잡보란에 조그맣게 '○○떡 시식회'라는 제목 아래 간단히 기사가 난 것뿐, 그 굉장한 사건이며 ○○병의 원료에 대해서는 한마디도 없어. 아마 신문사에서도 창피스럽던 모양이야. K역에서 내려서 T군에 가는 자동차를 기다리기 위해서 어떤 여관에서 묵은 뒤에 이튿날 아침에야 우리는 그 신문기사를 보았는데 이 기사를 보더니 박사는 적이 안심이 되는지 처음으로 조금 웃데 그려. 그러더니 갑자기 T군은 그만두고 그 역에서 멀지 않은 Y온천장으로 가자데 그려. 내야 이의가 있을 리가 있나. 온정으로 갔지. 온정에서도 박사는 생각만 나면 그 이야기만 하자네 그려.

"C군, 스카톨 반응은 확실히 없었지? 혹은 좀 있었던가? 왜들 토해. C군, 반응은 확실히 없었나? 아무래도 있은 모양이야."

"반응은 있었는지 모르겠지만 혹은 없었다 해두 게

90

우는 게 당연하지요. 누가…"

"C군!"

박사는 이런 때는 꼭 역증을 내데 그려. 그러나 이렇게 되면 내 성미도 그리 곱지는 못하니까 막 쏘아주지.

"똥 먹구 구역 안 나는 사람이 어디 있어요!"

"똥?"

한 뒤에는 일어서서 뒷짐을 지고 한참 서성거리데 그려. 그러다가,

"자네 오핼세. 과학의 힘으로 부정한 놈은 죄 없애버린 게 왜 똥이야. 오핼세."

한 뒤에는 또 이유도 없이 하하하하 웃지.

"선생님, 그렇지 않아요. 분석해보면 아무리 정한 게라 해두 똥으로 만든 것을 먹고야 왜 구역을 안 해요? 세상사는 그렇게 공식대로 되는 것이 아니니깐요."

"공식? 아무리 생각해두 자네 오해야. 그렇진 않으리."

"그럼 왜들 게웠어요?"

"글쎄, 반응은 없었는데, 혹은 있었던가…"

단순한 박사는 아직껏 손님들이 게운 이유를 스카톨이나 인돌이 좀 남아서 대변 특유의 냄새가 난 데 있

91

는 줄만 알데 그려.

한인은 연정(戀情)을 '오매불망'이라고 형용했지만 박사와 ○○병의 사이야말로 오매불망인 모양이야. 우두커니 앉았다가도 문득 스카톨이 있었나 하고는 한숨을 쉬고 하네. 자다가도 세척이 부족한 모양이야 하면서 벌떡 일어나네 그려. 곁에서 보는 내가 참 미안하고 딱하데. 너무 민망스러워서,

"선생님, 인젠 그 생각은 잊어버리시구려."

하면,

"잊지 않자니 헐 수 있나?"

하고는 또 한숨을 쉬시네. 여간 민망스럽지 않데. 사실 말이지 귀한 발견이야 귀한 발견이 아닌가. 아무도 돌아보지 않고 헛되이 땅속에서 썩어버리는 폐물 가운데서 평균 5할 약의 귀중한 자양분을 얻어낸다는 것은 인류 경제 문제의 얼마나 큰 발견인가. 우리의 인습 때문에 비위가 받지를 않으니 말이지 그것을 만약 어떤 사람이 원료를 비밀히 해가지고 대량으로 만들어서 판다면 우리 인류에게 얼마나 큰 공헌인가. 그래서 어떤 날 저녁을 먹다가 박사에게 그 떡을 학문광(學問狂)의 나라 독일 학계에 발표해보면 어떠냐고 물어보았지. 하니깐 대답도 없

어. 그리고 나도 그 말만 한 뿐 잊어버리고 말았는데 박사는 잊지 않았던 모양이야.

그날 밤 한잠 들었다가 목이 너무 말라서 깨어서 물을 먹으려는데 박사가 그냥 안 잤댔는지,

"독일도 틀렸어."

하데 그려. 나야 자다 주먹이라 무슨 뜻인지를 알겠나. 그래서 그저 네네 하면서 물을 먹고 다시 누우니까,

"○○떡은 독일도 재미가 없어."

하고 다시 주를 놓데 그려. 그 소릴 들으니까 펄떡 졸음이 천리 밖으로 달아나는데 그렇찮아도 이즈음 늘 민망스럽던 판에 박사가 밤에 잠도 안 자고 그 생각을 하고 있었나 하니깐 막 눈물이 나오려데 그려. 그래서 왜 그렇느냐고 물으니까,

"독일서는 공기에서 식품을 잡는 것은 연구해서 거진 성공했다니까 이것은 그다지 센세이션을 일으킬 것이 못 될 것 같어."

하면서 또 한숨을 쉬시데 그려. 나도 할 말이 없어서 그것도 그렇겠습니다, 하고 다시 먹먹히 있노라니깐 또 찾지 않겠나.

"C군 자나?"

"네?"

"안 자나?"

"네."

"일본은 어떨까? 나라는 좁고 백성은 많은…"

"말씀 마십쇼. 일인에게는 소위 결백이라는 게 있지 않습니까? 쿠소쿠라에(똥이나 먹어라)라는 것이 욕이 아닙니까. 어림도 없습니다."

"그래도 일인들은 더러운 목간물을 벌컥벌컥 들이마시지 않나?"

"그거야… 그래두 ○○떡은 안 먹습니다."

"안 먹을까…"

"안 먹지 않구요."

박사는 또 한숨을 쉬시데.

"선생님, 그것을 미국에다 발표해보면 어떻습니까?"

"미국 놈은 먹어줄까?"

"먹을 건 모르지만 그놈들은 아무것이든 신기한 것과 과학이라는 데에는 머리를 싸매고 덤벼드는 놈이니깐 혹은 좋다 할지도 모르지요."

"글쎄…"

이러한 말을 주고받고 하다가 아무런 해결도 얻지

못하고 자고 말았네.

온정에는 한 달 남짓 묵었는데 박사의 ○○떡에 대한 집착은 조금도 줄지 않데 그려. 그 지독한 집착심이야… 이러구러 한 달 남짓 지난 뒤에 이제는 돌아가자고 온정을 출발해서 K역까지 왔다가 여기까지 온 이상에는 박사의 토지도 돌아볼 겸 C군까지 다녀가자는 의논이 생겨서 우리는 C군으로 갔었네 그려.

양력 2월 초승인데 혹혹 쏘는 바람을 안고 자동차로 두 시간이나 흔들리면서 C군까지 가니깐 정신이 다 없어지데. 눈이 보이지를 않고 다리가 뻣뻣하며 코가 굳어진 것 같고 몸의 혈액순환까지 멎은 것 같아. 그것을 겨우 자동차에서 내려서(면장 노릇하는) 박사의 사음의 집을 찾아갔지. 머리가 휑한 게 정신이 없는 것을 그 집을 찾아 들어가니깐 반갑게 맞으면서 자기네들은 모두 건넌방으로 건너가며 큰방을 우리에게 내주어. 그래서 우리는 들어가서 다짜고짜로 자리를 펴고 누웠지.

방을 절절 끓여놓고 두어 시간 자고 나니깐 정신이 좀 들데. 박사도 그제야 정신이 드는지 부스스 일어나더니 토지를 돌아보러 나가자데 그려. 세수들을 하고 옷을 든든히 차린 뒤에 사음의 아들을 불러서 앞세우고 그 집을 나서려는데 개가 한 마리 변소에서 뛰쳐나오면서 컹컹 짖겠지. 보니깐 변소에서 똥을 먹고 있던 모양이라 입에 잔뜩 발라가지고 그 더러운 입을쩍쩍 벌리며 따라오데 그려. 사음의 아들은 개를 쫓아버리느라고 야단인데, 나는 박사에게 개도 ○○떡을 먹다가 온다고 그러니깐 박사는 눈살을 잔뜩 찌푸리더니,

"에, 더러워! C군, 실험실과는 다르네. 이놈의 개, 오지 마라, 가!"

하며 슬슬 피하며 나가는 모양은 요절하겠데.

박사의 토지라는 것은 꽤 크데. 200 몇 십 정보라는데 말은 쉽지만 눈으로 덮인 무연한 벌판인데 어디까지가 경계인지 좀체 모르겠데.

그것을 한번 다 돌아보고 사음의 집까지 돌아오니깐 벌써 저녁때가 되었어. 몸도 녹일 틈이 없이 저녁상을 들여왔데 그려. 시장하던 김이라상을 움켜안고 먹었지. 더구나 내가 좋아하는 개고기가 있데 그려. 그래서 밥은 제쳐놓고 개고기만 뜯어먹고 있었지.

박사도 괜찮은 모양이야.

글쎄 한 달 남짓을 일본 여관에 묵느라고 고기는 맛

까지 거의 잊게 되었네 그려. 그런 판이니까 오래간만에 맛나는 고기라 박사도 한참 고기만 뜯더니,

"C군."

하고 찾데 그려."왜 그러십니까?"

"이런 시굴서도 암소를 잡는 모양이야."

"…?"

"고기 맛이 썩 부드러운데 암소 고기야."

"선생님 개고기올시다."

"개?"

"아까 그 짖던 개요. 돌아올 때는 안 보이지 않습디까?"

"아까 그, 그? 똥 먹던?"

"그럼요."

박사는 덜컥 젓가락을 놓데 그려. 그러더니 얼굴이 차차 하얘지더니 얼른 저편으로 돌아앉겠지. 그리고 혹혹 두어 번 숨을 들이쉬더니 왁 하고 모두 토해버리데 그려.

왜 그러십니까고 나도 먹던 것을 집어치우고 박사에게로 가서 잔등을 쓸어주니까 가만있게, 가만있게 하면서 연하여 왁왁 소리를 내데 그려. 그것을 한 10분 동안

이나 쓸어주니깐 좀 진정되는지,

"안됐네. 이것 주인 몰래 치우세."

하면서 손수 걸레로 모두 훔쳐서 문밖에 내놓기에 나는 그것을 집어다가 대문 밖에 멀리 내버리고 도로 들어오니깐 박사는,

"에, 속이 편찮어. 야, 수남… 야, 상 치워라."

하더니 베개를 내리고 벌떡 눕고 말데 그려. 상을 치운 뒤에 사음이 불을 켜가지고 들어왔는데 박사는 돌아누운 대로 그냥 모른 체 하기에 몸이 곤하신 모양이라고 사음을 내보내고 나도 베개를 내려서 드러누웠더니 한참 있다가 박사는 돌아누운 대로 찾아.

"C군."

"네?"

"개고기하고 돼지고기하고 어느 편이 더 더러울까?"

"글쎄 돼지가 더 더러울걸요."

"그럴까. 둘 다 마찬가지겠지. 마찬가지야, 소고기두 마찬가지구."

혼잣말같이 이렇게 중얼거리더니 또 잠잠해버려. 나도 곤하던 김이라 어느 틈에 잠이 들었는지 모르지. 좌우간 나는 입은 채로 잠이 들고 말았는데 아마 박사가

그렇게 한 게야. 자리를 모두 펴고 옷을 벗겨서 이불 속에 집어 넣데 그려. 내야 알 리가 있나. 이튿날 아침에 깨어서야 처음 알았지.

이튿날 아침 눈을 부스스 뜨니깐 박사는 언제 깼는지 벌써 깨어 있다가 내가 눈을 뜨는 것을 보고, C군, 하데 그려. 그래서 대답을 하니까,

"일인도 안 먹을 게야."

또 자다 주먹일세 그려.

"네?"

"○○병은 일인도 안 먹을 게야. 목간물은 벌컥벌컥 먹어두."

"네, 아마…"

"돼지고긴 좋아두 개고긴 못 먹겠거든. 자네 개고기 잘 먹나?"

"육중문왕(肉中文王)입니다."

"그럴 게야."

하더니 한숨을 내쉬어.

그때부터 박사의 입에서는 ○○병의 문제는 없어졌네 그려.

그 뒤에 집에 돌아와서도 박사는 ○○병의 문제는

집어치우고 전자와 원자의 관계의 연구를 쌓는 중이니깐 이제 언제 거기에 대한 무슨 발명이나 발견이 나올 테지. 그리고 이번 것은 그 ○○병과 같이 실패로 안 돌아가기를 나는 진심으로 바라네.

이것이 C가 들려준 바 K박사의 연구의 성공에서 실패로 또다시 일전(一轉)하여 회개까지의 경로였다.

4장

어떤날 밤
. . . .

여보게.

창피창피 한대야 나 같은 창피를 당해 본 사람이 있 겠나.

지금 생각해도 우습고도 부끄러울세. 그렇지만 또 어떻게 생각하면 그런 창피는 다시 한번 당해보고 싶기 도 하거든.

이야기할께. 들어 보게.

오년 전 ― 육 년 전 ― 칠 년 전인가. 어느 해인지는 분명하지 않지만 혈기 하늘을 찌를 듯하던 젊은 시절일 세 그려. 지금은 벌써 내 나이 삼사십. 얼굴에는 트믄트 믄 주름자리까지 잡히었지만 이 주름자리도 없던 젊은 시절.

절기는 봄날. 우이동 창경원에 벚꽃 만개하고 사내계

집 할 것 없이 한창 바람나기 좋은 절기일세 그려. 얌전하던 도련님 색시들도 바람나기 쉬운 봄철에 그때 장안 오입장이로 자임하고 있던 이 대감이 가만 있겠나. 비교적 수입도 좋겠다. 허위대 풍신 언변 남한테 빠지지 않고 시조 한 마디 가야금 한 곡조도 뽑아 낼 줄 알고 경우에 의해서는 호령마디도 제법 할 줄 알고 ― 장안 오입장이로는 그다지 축가는 데가 없던 대감일세 그려. 그 위에 여관 생활하는 자유로운 몸이것다. 친구놈들도 모두 제법 한몫씩은 보는 놈들이것다.

― 이런 이 대감께서 말일세. 그 어떤 와류생심하고 ― 아니 이러다가는 교외정조가 나겠네. 도회풍경으로 사꾸라 만개하고 창경원에 야앵구경의 바람장이들이 몰려가는 날 몇몇 친구를 짝해서 한바탕 어디서 답청(踏靑)을 잘했다고 하세.

돌아오는 길일세. 친구놈들은 제각기 기생집으로 갈 놈은 기생집으로 가고 여편네 궁둥이를 찾아갈 놈은 제 집으로 가고 대감은 기생집도 그날 따라갈 생각도 없고 해서 여관으로 향했네.

밤도 자정은 지난 때. 야앵구경 갔던 연놈들도 모두 음란한 자리 속으로 바야흐로 들어갈 시간에 이 대감께서는 아주 호젓한 마음으로 지팡이를 휘두르며 여관으로 한 걸음 한 걸음 옥보를 옮기고 있지 않았겠나. 어떤 어둡지도 않고 밝지도 않은 길 모퉁이를 돌아설 때일세그려. 웬 계집애와 탁 마주쳤네 그려.

물론 예의를 차리는 이 대감이 사과를 했지. 고멘나사이(ごめんなさい — 용서하십시오)하고. 그러고는 그냥 지났지. 지나고 생각했네. 여기는 북촌이다, 북촌의 대로도 아니요 골목이다. 이 북촌 골목에 웬 남촌 계집애가 단 혼자서 그것도 자정이 지난 이 때에 방황하고 있느냐고.

연구라고까지는 할 수가 없지만 이렇게 생각하고 다시 생각해 보매 문득 호기심이 벌떡 일어났네 그려. 휙 돌아보았지. 그 계집애로서 만약 그냥 길을 걸었다 하면 당연히 모퉁이를 돌아가서 보이지 않을 것인데 계집애는 나허구 마주친 그 자리에 그냥 서 있다. 몸까지 이리로 돌리고 있는 듯하다.

거기는 한창 혈기의 오입장이의 자만심도 있지. 하하 이 대감께 마음이 있는 모양이구나. 어두워서 똑똑히는 못 보았지만 그만했으면 하룻밤쯤은 쓸만도 해. 혼자서 만족히 여기면서, 또 다음 모퉁이를 돌아섰지. 그 모퉁이를 돌아서 세 걸음인가 네 걸음인가 더 가다가 발을 멈추었겠지. 그러고는 발길을 돌리겠네 그려.

왜 웃나? 웃지 말고 들어.

돌아서서는 이번은 고양이 걸음으로 살짝살짝 다시 모퉁이까지 갔지. 가서 목만 길게 뽑아 가지고 계집애 있던 곳을 엿보았다.

아니나다를까. 계집애가 도루 이리로 향해 오네 그려. 마음을 똑똑히 잡지못한 듯이 걸음걸이가 매우 거북스러워.

하하하 오누나. 그러면 그러겠지, 이 자긍심 많은 대감의 거동을 보게. 대감은 얼른 다시 돌아섰네 그려. 그리고 구두끈이 풀어진 듯이 허리를 구부리고 구두끈을 풀었다 맸다 하기 시작했지.

그 동작을 얼마나 오래 했는지 좌우간 허리가 아프도록 꺼굽어서서 구두끈 장난만 하고 있네. 계집애도 걸음이 매우 내쳐지지 않는 모양으로 꽤 오래오네. 꺼굽어서서 다리 틈으로 계집애가 모퉁이를 돌아오는지 안 오는지를 엿보면서 허리가 거의 끊어질이만치 기다리니까야 모퉁이를 돌아서겠지.

거기 내가 꺼굽어서 있는 것을 보더니 계집애가 몸을 흠칫해. 흠칫하고는 주저해. 그러더니 다시 걸어서 내

곁으로 빠져서 내 앞을 서서 가네.

나도 비로소 일어섰지. 일어서서 천천히 따르기 시작했지. 계집애는 나보다 대여섯 걸음 앞서서 가네 그려. 호젓하고 침침하고 고요한 골목짜기에서 계집애의 뒤를 밟으며 혼자 고소했네 그려. 오입장이로는 자처했지만 계집애의 엉덩이를 쫓아다니는 불량자는 아니던 이 대감이 우연한 기회에 불량자 노릇을 하면서 예라 돌아서 버릴까까지 생각하면서 한 걸음 한 걸음 쫓아갔지.

이렇게 따라가니까 계집애도 거북한지 더욱 걸음을 늦구어. 하릴없지. 나는 더 늦굴 수는 없어서 그냥 그 걸음대로 가니까 세 걸음 거리가 두 걸음되고 한 걸음 되고 나란히 하게 되고 앞서게 됐지. 그 앞서게 되려는 순간일세 그려.

"아노(あのう ― 저)."

계집애가 문득 입을 열어. 그래서 앞서려던 걸음을 멈추고 돌아섰지.

"좃또 우까가이마스가(ちょっと伺ひますが ― 좀 여쭤보겠는데)."

"네."

"저 ― 인천서 야앵구경을 왔다가 기차를 놓쳤는데

107

이 근처에 조용한 여관이 하나 없겠읍니까?"

장안 오입장이, 기생 이외의 계집에게 눈떠보아서는 안 될 당당한 신분일세 그려. 그렇지만 남아의 의기가 그런가?

"그건 곤란하시겠읍니다. 여관이야 있구말구요."

"미안하지만 그럼 한 군데 ―."

"어렵잖습니다."

이리해서 대감의 호텔로 데리구 왔다.

불행인지 행인지 나 묵어 있는 여관은 그날따라 시골서 꽃 구경꾼이 많이 와서 방이 없다. 어쩌겠나. 이 의협남아가 초면의 계집애더러 내 방에 같이 묵읍시다고야 체면이 허락하지 않는 일. 서로 슬금슬금 눈치만 보네.

"고마리마시따나(困[곤]りましたなあ ― 곤란하게 되었군요)."

"아따꾸시꼬소 고메이와꾸 가께마시떼(あたくしこそ御迷惑掛[어미혹괘]けまして ― 저야말로 폐를 끼쳐서…)."

"도모(とうも ― 대단히…)."

쓸데없는 소리만 서로 중언부언.

드디어 이 오입장이 대장부가 졸장부가 됐네 그려. 한 마디 슬쩍 던졌지.

"내 방이 넓기는 넓지만 마사까(まさか — 설마) 부인네 혼자를 묵으랄수도 없고…"

여기 걸려들었네 그려 —.

"저는 괜찮습니다마는 당신께 —."

"나는 괜찮습니다. 당신만 좋으시다면…"

"저는 그렇게 해주시면 참 어떻다 말씀드릴 길이 없읍니다."

— 야 뽀이야 깨끗한 이부자리 한 벌 더 가져오너라. 이분은 기차를 놓친 분으로서 여사여사 약차약차하게 되신 분이니 에헴. 이리해서 궐은 내 방에서 하룻밤을 지내게 됐다.

자 이 뒷 장면을 어떻게 진행시키나. 자기 말로는 기차를 놓쳤다 한다. 사실일까. 사실이면 왜 하필 조선 거리에서 방황하고 있었나.

전등 앞에 보니 나이는 스물너덧. 그 옷차림으로 보아서 허튼 계집은 아닌 모양. 얼굴도 십인지상은 되겠고 가진 물건으로 보아서도 상당한 집 딸이 아니면 안해. 이런 점으로 보아서는 막차를 놓쳐서 갈 곳이 없어 헤매었노라는 말이 그럴듯도 하지만 또 한편으로는 상당한 집 계집 같으면 왜 혼자서 서울까지 구경을 왔으며 왔거든 막차를 놓치지 않도록 주의를 할 것이지 창경원 닫힌 지도 벌써 세 시간이나 된 입때껏 어디를 무엇하러 배회하고 있었나.

호기심이 무럭무럭 일어나지. 게다가 또 한가지 남아의 의협심을 최절정까지 발휘시켜 이 계집을 곱다랗게 하룻밤 묵어 보내나. 그렇지 않으면 무슨 사건을 꾸며 보나?

장안의 오입장이로 자처하는 이 대감이 길잃은 계집을 여관으로 끄을어들여 희롱했다 하면 말대까지의 치욕이라. 그럼 곱다랗게 재워 보내나?

그러나 아까울세 그려. 기생과의 장난은 그다지 축에 빠지는 편이 아니지만 기생 아닌 계집은 접해 본 일이 없었더니만치 이 희식(希食)을 그냥 놓기도 아까와.

오입장이의 체면을 지키나. 혹은 눈 딱 감고 본능의 시키는 대로 하나.

에라 오입장이 기권해라.

"참, 저녁 어떻게 했읍니까?"

"먹었읍니다."

"잡수셨대야 지금이 벌써 자정이 지났으니까 시장하시겠지요."

"괜찮습니다."

눈을 슬쩍 굴려서 이 용안을 보네. 사양은 하지만 싫지는 않은 모양.

청요리를 시켰지. 약주도 좀 받고 기생이나 응대하자면 손익은 일이지만 내 평생 처음 대해 보는 영양인지 영부인이라 주장군(酒將軍)의 조건이 없이는 좀 곤란하단 말이지.

"한 잔 — 꼭 한 잔만 드세요."

"약주는 —."

"그러기에 한 잔만."

"미안합니다."

궐의 눈가에 슬쩍 미소가 보이네. 자긍심 많은 이 대감 미소에 됐다 했네 그려.

'꼭 한잔' '꼭 한잔'이 거듭되고 대감도 취하시고 궐도 취하고…

봄날. 청춘. 술기운. 좁은 방 — 운무지몽에 이러구저러구 — 차간일행약야(此間一行略也)라.

자. 그런데 오입장이의 근성이 이런 때는 더러워. 궐은 곤한지 좀 있다가 잠들어 버리고 혼자 잠 못 든 견우 대감.

생각했네. 자 내일 저 계집을 해우채라도 주어야 하나. 하다못해 기차비라도 주어야 하나. 계집을 보았으면 반드시 돈을 주어야 된다는 관념이 있기 때문에 이런 연구를 했네 그려. 딱한 견우성이지.

주었다가 도로혀 비웃기지나 않을까. 혹은 주어야 할까 어쩌나. 좌우간 천병만마지간을 다 다닌 맹장의 경험으로 분명히 직업적 계집은 아닌데 그런경우에도 해우채는 주는 법인가 안 주는 법인가. 이런 것은 불량 소년의 영분이지 오입장이의 영분이 아닐세 그려.

그런 연구를 하다가 나도 그만 잠이 들어 버렸어.

이튿날 아침에 깨 보니까 계집이 없다. 제 자리도 벌써 재켜 놓고.

방안을 둘러보니 계집의 핸드백 등도 없고. 간 것이 분명한데 그려.

먼저 내 시계와 지갑을 보니 그냥 있어. 그래서 이 점에는 안심을 하고 보이를 불러서 물어 보니까 계집은 이른 새벽에 깨어서 갔는데 자기의 하룻밤 숙박비는 치르고 그 위에 어젯밤의 청요리값까지 치르고 갔다네 그려.

입을 딱 벌렸지.

생각해야 무슨 일인지를 모르겠단 말이지.

분명한 '시로도(しろうと ― 풋나기)'인데, 시로도의 일로서는 너무 대담하고 아무런 점으로 보아도 구로도(くろうと ― 기생)는 아니고 무슨 일인지를 모르겠네 그려.

　모를 일을 모를 대로 그냥 의문에 붙이어 두고 ― 그 뒤부터는 이 선악과를 맛본 아담은 때때로 그 생각을 했네 그려. 무슨 영문인지 그 까닭을 알아보고 싶다기보다 '구로도' 아닌 계집의 은근한 맛이 잊히지를 않아.

　이런 꿈과 같은 일을 겪은 뒤에 사건은 이것으로 끝이 난 줄 알았지. 그 후일담이 생기리라고는 뜻도 안했지. 후일담이 있을 성질의 사건도 아니 아닌가. 그런데 이 일에는 후일담이 있네 그려.

　한데 후일담이 있어.

　사건이 있은 지 일 년 뒤. 그때는 나는 벌써 그 사건을 사건으로 기억할때가 아니요 지나간 꿈으로 기억하고 생각날 때는 뜻안하고 미소와 고소를 겸발하게 쯤 된 땔세 그려.

　인천에 군함이 왔것다. 별로이 군함을 보고 싶은 생각은 없었지만 기생년들이 구경 가자고 너무 졸라 대서 에라 그래라 하고 기생 몇 년을 모시고 인천으로 거동을 하시지 않았겠나.

거기서 뜻안한 궐녀를 보았네 그려. 군함에서 말일세. 군함 사령탑에 올라가는 층계에설세.

나는 기생 몇 명을 달고 올라가거니 궐은 내려오거니 하다가 딱 마주쳤지.

몬쯔끼(もんつき ─ 가문(家紋)을 넣은 일본 예복)를 입었데. 궐도 귀부인 같거니와 귀부인인 듯한 여인 몇 명과 동반을 했어.

딱 마주치니까 자기도 깜짝 놀라. 대감도 오입장이답지 않게 눈이 아뜩하데 그려. 그렇지만 궐녀가 시치미를 뚝 떼기에 대감도 같이 떼었지.

한데 그때 여(余)를 배종했던 사람 가운데 인천 관변의 유력자가 한 명 있었는데 그 사람이 궐녀와 서로 인사를 주고받거든. 그래서 하문해 보았지.

"그 색시가 누군가?"

"그 색시? ××씨의 마누라."

"××씨?"

신문지상에서 간간 보던 인천 명망가. 그렇지만 ─

"××씨란 육십 노인이 아닌가?"

"그렇지."

"그럼 첩인가?"

"첩은 왜? 본댁이지. 후실."

근본은 알았다. 알고 보니 그때의 그 밤의 사건이 더 수상하단 말이지.

듣고 보니 희식(希食)도 너무 드문 희식.

"영감의 마누라면 간간 오입이라도 하겠네 그려."

던져 보았다.

"아니. 그렇진 않은 모양이야. 그래도 좀 적적하긴 한 모양이야. 극장이라 무슨 구경거리에는 빠지지를 않아. 그렇지만 늙은이의 마누라로는 참 정숙하다는 평판이 높은걸."

"정숙하다?"

짐작이 갔네.

때는 봄날일세 그려. 늙은이의 마누랄세 그려.

모험도 하고 싶겠지. 봄날 젊은 피가 끓어오르지만 인천바닥에서는 정숙하다는 평판이 높은 만치 끓어오르는 모험심을 이 좁은 고장에서 어떻게 만족시키겠나.

경성까지 모험을 찾으러 출장여행.

주저 — 반성 — 모험추구심 — 이렇게 바재고 바재는 동안 덜컥 막차 시간도 지나고,

인제부터는 본격적으로 모험의 무대에 올라가얄 터

인데 남촌에서는 그래도 혹은 어떤 일이 생길까 해서 북촌거리에서 공포와 기대와 주저로써 배회하고 있을 때에 대감께서 그 모험무대의 피해자로 나타난 셈일세 그려.

말하자면 궐녀도 인생비극의 한 여주인공이지.

이렇게 대감은 뜻안한 오입을 더구나 돈 안 들인 오입을 하기는 했지만 생각해 보면 이것은 필경 내가 오입을 한 게 아니고 오입을 당한 겔세 그려.

장안 오입장이가 오입을 하지를 못하고 당했다고야 이런 창피한 일이 어디 있겠나. 체면 똥칠했네.

그렇지만 이런 창피는 또 당해보고 싶은 생각도 없지 않아.

말하자면 희극이 아니요 비극 — 궐녀도 가련한 인생일세.

5장

무능력자의 아내

1

기차는 떠났다.

어두컴컴한 가운데로 사라지는 평양 정거장이며 한 떼씩 몰려서있는 전송인들의 물결을 내다보고 있던 영숙이는 몸을 덜컥하니 교자 위에 내던졌다. 그리고 왼편 손을 들어서 곁에 앉아 있는 어린딸 옥순이의 머리를 쓸었다.

"옥순아, 집에 도로 가고 싶지 않니?"

옥순이는 무엇이라 입을 움찔거렸다. 그러나 기차의 덜걱거리는 소리에 옥순이의 소리는 들리지 않았다.

잠깐 옥순이의 얼굴을 들여다보고 있던 영숙이는 어린 딸을 위하여 공기침에 바람을 넣어서 잘 준비를 하였다. 그리고 옥순이를 눕혀놓은 뒤에 자기는 교자 한편

끝에 바짝 붙어 앉아서 머리를 창에 의지하고 눈을 감았다.

비창하다고 밖에는 형용할 수 없는 느낌이 그의 가슴을 무겁게 하였다. 그것은 괴롭고 무거운 기분이었다. 그러나 또한 어딘지 모르지만 통쾌하다는 느낌이 섞여 있는 기분이었다.

출분…

어떻게 보면 오랫동안 계획했던 일이라고 할 수도 있고, 어떻게 보면 돌발적 심리라고 할 수 있는 괴상한 심리의 결과인 이번 행동에 대하여 영숙이는 자기 행동에 여러 가지의 변명을 하고자 아니 하였다.

그가 이번의 이 일을 머리에 첫번 그려본 것은 벌써 2년 전이었다. 방탕한 남편 방종한 남편, 무능자, 그러면서도 아내에게 대하여는 그 지아비로서의 온갖 권리와 심지어는 정도 이상의 호의와 희생을 요구하는 남편, 아내의 무지를 저주하면서도 자기의 무지를 자각하지 못하는 남편. 이러한 남편 아래서 육칠 년 동안을 그는 참고 살았다.

어떤 때에 그는 남편의 대리인이라는 명색으로 법정에 선 일도 있었다. 온갖 일에 대하여 참견하기 싫어하는 남편을 위하여 어떤 때에는 대금업자에게 돈 주선을 하지 않을 수 없는 경우도 있었다. 남편이 만나기 싫어하는 손님은 그가 대신하여 회견하였다. 차차 줄어들어가는 재산을 남편을 대신하여 관리하지 않으면 안 될 그였다. 이곳저곳에 널려 있는 토지의 소작인들과 일을 치르러 나가는 것도 영숙이의 직책이었다. 때때로 있는 관청 교섭조차 영숙이가 대신 보지 않으면 안 되었다. 말하자면 영숙이는 그 집안의 주부인 동시에 또한 가장이요 대표자였다.

집안의 온갖 일을 아내에게 맡겨두고 남편은 번번 놀고 있었다. 때때로 변변찮은 소설을 써서 발표하는 것과 방탕의 길을 밟는 것, 이것이 남편의 하는 일이었다. 그 밖의 일은 아무런 것이든 남편은 내버려두었다.

"오늘 지주회에 안 가 보세요?"

"흥!"

"오늘 강 건너 밭을 좀 돌아보러 가세요."

"흥!"

"대서소에서 사람이 왔는데요."

"흥!"

이리하여 남편이 내던진 일은 아내가 맡아보지 않으

면 안 될 경우에 있었다.

영숙이의 성격은 활달하였다. 그는 여자로서의 온순함을 가지지 못한 대신 사내로서의 활발함과 능함을 가졌었다. 처음에는 남편이 하기 싫어하는 일을 마지못해 대신 보기 시작하였지만 그러는 동안에 그는 어느덧 그런 일에 대하여 흥미를 느꼈다. 그리고 거기에 따르는 긍지를 느꼈다.

"무능자인 남편을 대신하여"

그의 마음에는 어느덧 이와 같은 자랑에 가까운 마음이 움 돋기 시작하였다. 이리하여 그들의 기괴한 부부 생활은 시작된 것이었다. 남편은 방탕의 길을 밟으며 때때로 생각나면 소설이나 쓰고, 그 밖의 사회에 대한 일이며 가정에 대한 일은 전혀 영숙이의 권리에 속하는 바가 되고 영숙이의 의무에 속하는 바가 되었다. 영숙이는 사회에 대한 그 집의 대표자였으며 또한 가정의 주군에 다름없었다. 그리고 남편은 그림자 엷은 한 식객에 지나지 못하였다.

2

그러던 남편이 갑자기 2년 전에 무슨 사업을 시작한

다고 덤벼댔다. 그리고 아직껏 남아 있는 토지 전부를 저당을 하여서 2만여 원이라는 돈을 만들어가지고 토지 관개 사업을 시작하였다.

그러나 아무런 일에든지 숫자적 관념이 부족한 남편의 하는 일이 성공될 리가 없었다. 그해 가을로 그 사업은 총독부의 불허가라는 조건하에 폐쇄해버리지 않을 수가 없었다.

다른 사업 같으면 재물을 헐가로 팔아서 하다못해 반 본전이라도 거두지만, 집어넣은 돈은 허가만 안 되면 한 푼도 거두지 못할뿐더러 원상회복이라는 데 오히려 밑천을 넣지 않으면 안 되는 것이었다. 이리하여 그 집의 거대하던 재산은 남편의 몇 해의 방탕과 관개 사업 실패에 한 푼도 없이 파산하지 않을 수가 없게 되었다.

이때에 남편은 후덕덕 경성으로 달아났다. 그리고 재산의 정리를 아내에게 일임하였다.

"출분…"

그때부터 막연히 영숙이의 머리에는 이런 생각이 맴돌았다. 더구나 그때 마침 남편의 책장에서 얻어내어 읽은 「인형의 집」은 그의 생각에 어떤 실 행성까지 띠어주었다.

그는 노라가 왜 달아났는지 똑똑히 이해하지 못하였다. 헬머는 노라를 사랑하였다. 헬머는 현명한 남편이었다. 영숙의 남편과 같이 무능하고 무책임한 남편이 아니었다. 노라는 헬머를 존경하였다. 그러한 분위기 가운데에서 행복을 느끼고 있던 노라가 무슨 까닭으로 달아났는지 이것은 이지의 덩어리인 영숙에게는 이해하지 못할 일이었다. 그러나 그는 거기 나타나 있는 그 '통쾌'에 공명점을 발견하였다. 그때부터 그는 그것을 도저히 하지 못할 일이라 부인하면서도 마음의 한편 구석에서는 늘 출분이라는 생각을 하였다.

반년 뒤에 남편은 서울에서 돌아왔다. 그때는 그 집안의 재산은 영숙이의 손으로 전부 정리되고 정리한 나머지 수삼천 원의 돈이 있을 뿐이었다. 그러나 영숙이는 남편에게 그런 이야기는 하지도 않았다. 정리하니깐 한 푼도 남지 않았다 하였다.

남편은 거기 대하여 깊이 묻지도 않았다.

"출분…"

이 생각은 나날이 영숙이의 마음에 일어났다. 그러나 그는 한 번도 거기 대하여 구체적으로 생각해본 적이 없었다. 전과 같이 역시 살림을 주관하였다. 전과 같이 옷감이며 기명도 끊임없이 사들였다. '출분'이라 하는 것은 그의 머리에 깊이 박혀 있는 희망이며 신념인 동시에 또한 한편으로는 아무 진실성도 띠지 않은 공상과 같았다. 여전한 살림은 그냥 계속되었다.

영숙이는 때때로 마음으로 발을 굴렀다. 호화롭고 금전에 아무 부자유가 없던 과거의 생활로써 미래를 미루어 볼 때에 발을 구르는 것뿐으로는 그 안타까움이 사라질 리가 없었다. 그러나 이렇게 속으로 발을 구를 때마다 그의 마음속에는 '출분'이라 하는 생각이 더욱 굳게 못 박혀졌다.

3,000원(그가 지금 감추고 있는)으로는 넉넉히 5년간의 공부는 할 것이었다. 5년간의 공부는 여자로서 능히 한 집안의 생활을 유지할 직업을 구할만한 지식은 얻을 것이었다. 무능한 남편을 제쳐놓고 이제 이 집안을 먹여나갈 용감스럽고 위엄성 있는 자기… 이러한 그림자조차 언제부터인지 차차 그의 머릿속에 그려지기 시작하였다.

남편은 아무 말도 안 하였다. 남편의 마음은 단순한 것 같고도 남에게 알지 못할 깊은 곳이 있었다. 남편은 이 파산조차 모르는 듯이 거기 대하여는 일절 입을 여는 일이 없었다. 다만 뒷그림자가 어딘지 모르지만 외로워가

고 얼굴이 초췌해갈 뿐 불평도 불만도 가책도 없는 모양
이었다. 그리고 아침에 깨면 강에 나가서 낚시를 강에 던
지고 고기가 와서 물기를 기다리며, 밤이 깊어서야 집에
돌아오고 하였다. 한숨조차 남이 듣는 데서는 그의 입에
서 나온 일이 없었다.

3

그의 집에 집달리가 왔다. 그리고 몇 가지의 동산을
집행하였다.

여기서 영숙이는 마침내 결심하였다. 그리고 그 준비
로서 팔아서 돈이 될 물건을 차례로 전부 돈으로 바꾸
어두었다가 남편이 물아래(한 10여리 되는 대동강 하류)로 낚
시질을 내려간 기회를 타가지고 마침내 집을 떠나기로
한 것 이었다. 남편이 산보할 때에 쓰는 모자에 '공부하
러 떠나노라'는 간단한 글을 넣어놓고 사내아이는 할머니
에게 맡겨놓은 뒤에 딸자식 하나만 데리고 남행 기차에
몸을 실은 것이었다.

그러나 급기야 떠날 때가지도 그의 마음에는 자기
의 장래에 대하여 구체적으로 아무러한 복안도 가지지
를 못하였다. 다만 막연히 서울까지의 차표를 사가지고

떠난 것이었다. 뿐만 아니라 그의 마음속에는 이제 한 주일 이내로 다시 평양에 돌아와 그 집안의 주부 노릇을 할 자기를 어렴풋이 예상하고 있었다. 천하에 다른 모든 일은 불간섭주의이지만 두 자식에게 대하여만은 끔찍이도 헤아림을 가지고 있는 남편을 버리고 떠나는 그가, 더구나 공부를 하겠다는 결심으로 떠나는 그가 어린 딸 옥순이를 데리고 떠난 것도 여기에 대한 복선이라 할 수도 있었다.

물론 영숙이에게는 영락된 가정에 대하여는 아무런 집착도 없었다. 무능자인 남편에 대하여도 역시 그러하였다. 그러나 그의 조상이 수천 년간을 지켜온 바의 습관과 인습은 아무 애착도 없는 집안 일망정 다시 돌아와서 주권을 잡을 날과 때를 그에게 예상하게 한 것이었다.

쉽게 말하자면 그는 노라가 아니었다. 따라서 노라와 같이 공상과 막연한 추상적 관념 때문에 집을 떠난 것이 아니었다. 이즈음의 음울한 심사를 좀 삭이기 위하여 잠깐의 여행으로 떠나는 길에 전에부터 늘 그의 머리의 한편 구석에 잠겨 있던 '출분'이라 하는 공상을 극적으로 가미한 데 지나지 못하였다. 따라서 이번의 이 출분은 어떻게 보면 오래 전부터의 계획적 사건으로도 볼 수가 있는 동시에 어떻게 보면 공상이 낳은 한 연극에 지나지 못하는 것이었다.

그의 마음은 비창한 심사로 찼다. 기차는 비상한 속력으로 밤의 중화평원을 닫는다. 그 가운데 앉아서 눈을 감고서 이런 생각 저런 생각을 하고 있는 그는 그 비창한 생각 때문에 눈껍질 속에 눈물까지 고이려 하였다.

그는 그즈넉이 눈을 떴다. 어린애는 아직 자지 않는지 몸을 벅적벅적 긁고 있었다. 영숙이는 머리를 어린애에게 가까이 가져갔다.

"옥순아, 너 아직 안 자니?"

옥순에게서는 대답이 없었다. 그러나 눈을 슴벅슴벅하는 것이 어린애의 자지 않는 것을 증명하였다. 똑똑히 까닭은 모르지만 무슨 커다란 사건에 당면한 듯한 느낌으로 어린애는 잠을 못 드는 모양이었다. 영숙이는 옥순이의 겨드랑이로 손을 넣어서 가만히 어린애를 쳐들었다.

"옥순아, 왜 안 자니?"

옥순이는 손으로 눈을 부비면서 떴다.

"왜 상기 안 자니?"

옥순이는 졸음에 취한 듯한 눈을 차차 크게 뜨면서 어머니의 얼굴을 쳐다보았다. 몹시 영리하게 생긴 그 눈

128

은 왜 그런지 영숙에게는 무엇을 인책하는 듯이 보였다. 영숙이는 옥순이를 끌어다가 뺨을 마주 부볐다. 그리고,

"너 어디 가는지 아니?"

하고 물었다. 옥순이는 머리를 설레설레 저었다. 그리고 마치 속삭이듯,

"몰라."

하였다.

"우리는 먼 데 간단다. 인제는 집에 도루 가지 않구… 아버지와 오라비와 다시 못 만난다."

그는 입을 더듬어서 옥순이의 어린 입을 찾았다. 그리고 거기다가 자기의 온갖 정열을 다 부어서 입을 맞추었다.

그의 눈에서는 하염없이 눈물이 나왔다. 그 눈물을 감추기 위하여 그는 눈을 옥순이의 머리에 묻었다.

4

이튿날 아침 서울에서 기차를 내린 영숙이는 어린 딸을 데리고 자기의 친구 은실이의 집을 찾아 들어갔다. 은실이는 영숙이의 친구인 동시에 은실이의 남편은 또한 영숙 자기의 남편과 가까운 벗에 다름없었다. 정확히 말

하자면 은실이의 남편과 자기의 남편이 친구이므로 은실이와 자기도 자연히 사귀게 되었고, 사귀어 나아가는 동안에 서로 마음을 풀어헤친 벗이 된 것이었다.

"너무 속상해서 좀 놀러 왔소."

이런 간단한 변명으로 그는 자기의 이번 일을 설명할 뿐, 은실이에게 대하여서도 기어이 말하지 않았다. 남의 속사정을 알 길이 없는 은실이는 더 깊이 묻지도 않았다.

그러나 이러한 가운데서도 영숙이의 마음은 어떤 기대로 늘 터질 듯이 긴장되었다. 서울로 온 지 이틀이 지나고 사흘이 지난 때부터는 그의 마음은 차차 긴장되기 시작하였다. 하루에 두 번씩 있는 북에서 오는 기차 시간 뒤 한 시간쯤은 그의 마음은 거의 터질 듯이 긴장되고 하였다.

자기가 만약 달아났다는 것을 알기만 할 것 같으면 남편은 한 기차를 유예하지 않고 서울로 올라올 것은 틀림없는 사실이었다. 남편이 자기에게 대하여는 아무 애착도 없는 것은 영숙이로서는 뻔히 아는 바였으나 딸자식 옥순이에게 대한 끝없는 사랑은 남편으로 하여금 그의 뒤를 따르지 않을 수가 없게 할 것이었다. 그리고 서울로 오기만 하면 그의 행방을 알아보기 위하여 첫발로 은실이를 찾아올 것도 또한 의심할 여지가 없는 사실이었다.

여기서 출발한 영숙이의 마음은 기차 시간이 지난 뒤 한두 시간씩은 안절부절 자기의 행동을 자기로도 제지할 수가 없이 긴장되고 하였다. 대문 소리가 날 때마다 그는 몸을 소스라치며 얼굴빛을 변하고 하였다.

"영숙이, 왜 그런지 늘 심사가 불편한 것 같아. 왜 그러우?"

은실이는 때때로 이렇게 물었다. 그럴 때마다 영숙이는 뜻 없이 씩 웃고 하였다. 그러나 그 웃음 아래 숨은 긴장으로 영숙이의 마음은 찢어지는 듯하였다.

한 주일이 지났다. 남편은 마침내 오지 않았다. 마지막에는 우편이 배달되는 시간까지도 몹시도 기다려보았으나 남편에게서는 한 마디의 편지조차 없었다.

"내가 출분하는 줄을 모르고 혹은 서울에서 며칠 놀다 내려오려는 줄만 알고 돌아오기를 기다리고 있지나 않나?"

이러한 생각조차 차차 그의 마음에 일어나기 시작하였다. 그리고 그는 그 마지막 편지를 눈에 띄기 쉬운 곳에 두지 않은 자기의 눈치 없는 일에 대하여서까지 후회

하였다.

　기대와 절망, 공포와 긴장이 교착된 열흘도 지났다.

　아무리 가까운 친구의 집이라 하나 까닭 없이 서울로 올라와서 한없이 집에 묵어 있을 수도 없는 영숙이는 어떻게든지 자기의 몸을 처치하지 않을 수가 없었다. 그렇다고 자존심이 몹시 센 그로서는 은실이에게 자기가 출분하였다는 눈치를 노골적으로 보여서 다시 집으로 돌아갈 기회를 얻는다든가 하는 일은 생각해본 적조차 없었다.

　천년 세월 하고 은실이의 집에 남편에게서 무슨 통지가 있도록 기다릴 수도 없고 이제 다시 머리를 숙이고 평양으로 돌아갈 수도 없는 그는 여기서 최후의 결심을 하지 않을 수가 없었다. 어떤 날 밤 하룻밤을 울어서 새운 그는 이튿날 저녁에 남행 열차에 몸을 실었다. 차표는 부산까지 샀다.

　"부산은 뭘 하러 가오?"

　이렇게 묻는 은실이의 물음에 영숙이는 먼 친척이 부산에 있다는 막연한 대답으로써 자기의 행방을 암시할 뿐 기차에 몸을 맡겼다.

　그러나 급기야 기차가 경성역을 떠날 때에는 그는 자

기의 앞에 커다랗게 막혀 있는 '생활'과 거기에 따르는 공포 때문에 어린 옥순이를 쓸어안고 울었다. 체면도 예의도 모두 잊어버리고 몸을 고민하듯이 떨면서 흐느껴 울었다.

5

사흘 뒤에 그는 동경 땅을 밟았다. 그때에는 벌써 그의 결심은 되어 있었다.

"아무 애착도 없는 가정을 버리자. 그리고 자기는 여자로서의 직업을 구할 만한 지식을 하나 배우자. 그것이 비록 무능자가 아니요 훌륭한 남편일지라도 남편을 힘입으려는 마음을 버리자."

겨우 한두 마디밖에 통하지 못하는 영숙이의 일어에 대한 지식으로 어떻게 뉘 집 다락 하나를 얻은 뒤에 그는 어린 딸을 데리고 자취 생활을 하면서 일본말을 배우기에 온 힘을 썼다.

동시에 옥순이가 차차 귀찮아지기 시작하였다. 순전히 남편으로 하여금 자기를 다시 모셔가게 할 동기로 삼기 위하여 데리고 떠난 옥순이는 장래의 목적을 '공부'라는 것으로 변경한 지금의 그에게는 쓸데없는 것일뿐더러 오히려 온갖 일에 방해까지 되었다.

현대 여성의 온갖 조건을 다 타고난 그는 비교적 모성애라는 것에도 결핍한 사람이었다. 인습과 관념에서 나온 어떤 애정이었기는 하였지만 끊으려야 끊을 수 없는 강렬한 본능애는 가지지 못한 사람이었다.

아직 말을 통하지 못하는 어린애가 외로이 문간에 서서 낯선 통행인들을 쓸쓸히 바라보고 있는 모양은 평양 자기의 집에서 희희히 날뛰던 이전의 모양과 비교되어 그의 마음을 우려내는 듯이 아프게 하였지만 그것뿐이었다. 동정의 사랑, 그 이상의 위대하고 귀여운 모성애는 그다지 심하지 않았다.

그는 때때로 어린 옥순이를 끌어당겼다.

"옥순아, 갑갑하니?"

이해할 수 없는 환경의 돌변에 어린 옥순이의 마음은 바로 설 수가 없는 모양이었다. 그는 자기의 어머니에게 대하여조차 남에게 대하는 것과 같은 태도를 취하였다. 조심조심히 거의 들리지 않을 만한 작은 소리로 응하고 간단히 대답할 뿐이었다. 그런 뒤에는 눈을 폭 내려뜨는 것이었다.

"도루 집에 갈까?"

그러면 어린 옥순이는 영리하게 생긴 눈을 다시 치뜨고 어머니의 얼굴을 말똥말똥 쳐다보다가 눈을 굴리며 입을 비쭉비쭉 울고 마는 것이었다.

어떤 날 저녁, 영숙이는 딸을 데리고 야시 구경을 나갔다. 이리저리 구경을 다니다가 어떤 잡지전 앞에까지 이르렀을 때에 옥순이는 그 자리에 딱 섰다.

"자, 가자."

두어 번 채근을 해보았지만 옥순이는 못 들은 체하고 그냥 서서 무엇을 들여다보고 있으므로 그도 호기심으로 옥순이의 바라보는 곳을 보니깐 그것은 어린애의 그림책이었다. 그래서 그것이 욕심나나 보다 하여 그 책을 집으려다가 영숙이도 또한 그 책에 호기심을 일으켰다. 그 책뚜껑에 있는 채색판의 어린애의 그림에는 영숙이가 평양에다 내버리고 온 아들, 옥순이의 오라비와 흡사히도 같이 생긴 아이가 그려져 있었다.

영숙이는 그 책을 7전을 주고 사서 옥순이를 주었다. 옥순이는 기쁜 듯이 그 책을 받아가지고 불빛에 비추어서 그 그림을 들여다보고 있었다.

"이게 누구 같으니?"

영숙이는 허리를 굽혀서 옥순이의 귀에 가까이 입

을 갖다 대고 물었다. 옥순이는 기쁜 듯이 방싯 웃었다. 그 웃음은 평양을 떠난 이래 근 일삭을 옥순이에게서 보지 못했던 '참마음의 웃음'이었다. 그날 밤 영숙이는 한잠을 못 이루었다. 그리고 몇 차례를 운 뒤에 마침내 옥순이를 제 아버지의 집으로 돌려보내기로 결심하였다. 비록 강렬한 모성애는 못 가졌을망정 재래의 온갖 인연과 애정을 끊어버리기로 결심할 때에는 그에게도 아직 마음에 거리끼는 미련이 없지 않은 바가 아니었다.

이튿날 옥순이에게,

"아버지한테 갈까?"

할 때에 옥순이는 반가운 듯이 머리를 끄덕이며 그림책을 끌어당겼다.

6

어떤 날(그것은 영숙이가 동경으로 건너온 지 20일쯤 지난 뒤였다) 영숙이가 옥순이를 데리고 목욕을 갔다가 오니깐 주인 노파가 손님이 와서 기다린다는 것을 알게 하였다.

자기에게 손님이 있을 리가 만무한 영숙이는 가슴이 선뜩하였다. 자기 방으로 올라가보니깐 거기에는 그의 남편이 기다리고 앉아 있었다.

희열! 공포! 무엇이라 형용하기 어려운 이상한 감정에 그의 눈은 아득해졌다. 그는 허둥지둥 문설주를 잡으며 옥순이에게,

"아버지 오셨다."

하였다. 옥순이도 벌써 아버지를 보았다. 어머니가 제 손목을 놓는 것을 기다려서 비척비척 아버지에게로 가서 아버지의 무릎에 걸터앉았다. 그리고 으아 하고 소리를 내어 울었다. 이것은 옥순이가 집을 떠난 뒤에 처음으로 소리를 내어서 우는 것이었다. 남편은 한 순간 아내를 힐끗 볼 뿐 손을 들어서 옥순이의 머리를 쓸었다. 그리고 마치 무엇을 검사하듯 옥순이의 얼굴과 몸을 훑어보았다.

영숙이는 정신을 가다듬고 방 안에 들어와 앉았다. 그리고 손님을 대접하듯 방석을 남편의 앞으로 밀어놓았다. 그러나 남편은 그런 것은 보지도 않고 사랑하는 딸만 이리저리 훑어보았다. 그때에 남편의 얼굴에는 그다지 기쁘고 반가운 듯한 표정도 없었다. 그렇다고 성난 얼굴도 아니었다. 10년에 가까운 날짜를 부부 생활을 할 동안 가장 영숙이를 괴롭게 하던 것이 남편의 이런 때의 표정이었다.

무엇을 생각하나? 마땅히 마음에 어떠한 감정의 호흡이 있을 일에 당면하여서도 천하가 태평하다는 듯이 온갖 표정을 죽여버리고 가장 무심한 얼굴을 하고 있는 이런 때가 남편의 가장 무서울 때였다. 무슨 커다란 결심을 한 때가 아니면 그는 결코 이런 표정은 한 일이 없었다. 그리고 일단 결심을 한 뒤에는 결코 번복하지 않으며, 그것을 남에게 절대로 알게 하지도 아니하는 사람이었다.

기괴한 희망… 남편이 여기까지 찾아온 데 대하여 일루의 타협점을 걸핏 바라본 영숙이는 그 생각이 구체적으로 마음속에 조성되기 전에 취소해버리지 않을 수가 없었다. 영숙이의 표정도 문득 날카로워졌다.

"이번에 옥순이 데리고 나가세요."

당연한 일이라는 듯이 남편은 코를 한번 울릴 뿐이었다.

그날 남편은 어린 딸을 데리고 구경을 나갔다. 그래도 그렇지 않아서 영숙이는 스키야키를 준비해놓고 남편이 돌아오기를 기다렸으나 남편은 저녁때가 지나서야 돌아와서 옥순이를 들여보내고 자기는 여관으로 가버렸다. 가는 남편을 영숙이는 붙들지도 않았다.

이튿날 아침, 부처는 오래간만에 식탁에 마주 앉았

다. 그러나 여관에서 벌써 조반을 먹고 온 남편은 의외로 두어 번 젓가락을 움직일 뿐이었다. 그리고 또한 옥순이를 데리고 거리로 나갔다. 그리고 본국에 남겨둔 아들을 위하여 몇 가지의 장을 보아가지고 돌아와서 그날 밤으로 귀국하겠단 말을 아내에게 하였다.

"하시구려."

영숙이는 간단히 대답할 뿐이었다.

남편은 아내를 데리고 가려고 아니하였다. 아내도 남편을 쫓아가려지 아니하였다. 비참한 기분 아래서 어린 딸 옥순이를 가운데 앉혀놓고 서로 말없이 앉아 있는 동안에 시간을 흘렀다.

나오려는 눈물, 나오려는 원망, 나오려는 한숨… 이것들을 참느라고 악물고 있는 영숙이의 입술은 부들부들 떨렸다.

무슨 생각을 하는지 혹은 아무 생각도 안 하는지 남편은 무심히(영숙이가 일어를 연습하느라고 사다둔) 어떤 여학생 잡지를 가장 흥미있는 듯이 읽고 있었다.

7

기차 시간이 가까웠다.

"차비 좀 주세요. 나도 귀국하고 말게…"

영숙이는 마침내 한마디의 말을 시험으로 던져보았다.

남편은 읽고 있던 잡지를 책상에 놓았다. 그리고 시계를 꺼내 보았다.

"에쿠, 시간이 거의 됐군."

남편은 아내의 말에는 대꾸도 안 하고 일어서서 아래층으로 내려갔다. 그 뒤에는 주인 노파에게 택시를 한 대 부탁하는 소리가 들렸다.

이때껏 비상한 조심성으로 말없이 앉아 있던 옥순이가 마치 집잃은 아이같이 입을 비쭉비쭉하면서 일어서더니 큰일이나 난 듯이 아버지를 찾으며 울기 시작하였다. 아래층에서 아버지의 목소리가 위층으로 날아왔다.

"야, 울기는 왜 울어? 나 혼자 갈 것 같아서 그러니? 내려오너라."

옥순이는 비칠비칠 아래층으로 내려왔다.

모반함을 받은 분노와 자존심을 꺾인 불유쾌로써 영숙이는 내려가는 어린 딸의 뒷모양을 흘겨보았다. 옥순이는 아래층으로 내려가서 아버지의 품에 안긴 뒤에야 처음으로 안심한 듯이 울음을 그쳤다. 그 울음소리가 그치면서 남편이 주인 노파에게 이야기하는 소리가 들렸다.

"이봐요, 아직 여섯 살 난 어린애가 어미를 버려두고 애비를 따라 가겠다는구려. 얘 어미라는 사람은 아이 어미 노릇을 할 자격이 없는 사람이야요. 마(뭐, 하여튼)- 사내구려. 여인이 아니야."

노파는 이층으로 올라왔다. 그리고 애원하듯이 영숙이의 손목을 잡았다.

"오쿠상(안주인. 아직도 노파는 영숙이를 오쿠상이라 부른 적이 없었다), 왜 단나사마(남편)를 따라서 귀국하지 않으세요?"

영숙이는 비웃음을 띤 점잖은 얼굴로 노파의 말대답을 대신 할 뿐 입은 열지 않았다. 그러나 이러한 가운데서도 영숙이는 희망과 절망과 공포로써 마음은 끝없이 긴장되어 있었다. 노파의 주선, 자기와 남편의 사이를 영구히 숙명적으로 연결시킬 어린 자식, 여기 대하여 얼마의 촉망을 하지 않을 수가 없는 그는 절망의 가운데서도 알지 못하는 희망으로 노파의 주선을 그대로 버려두었다.

노파는 몇 번을 위층으로 올라오고 아래층으로 내려갔다. 마지막에는 어린 옥순이까지 얼러보았다. 그러나 모든 일이 헛되이 돌아갔다. 남편은 노파의 간청을 웃음으로 대답할 뿐이었다. 어린 옥순이는 아버지의 몸에 꼭 안겨서 떨어지지를 않았다.

영숙이도 마침내 온갖 미련을 끊어버리지 않을 수가 없었다. 마지막에 노파가 올라와서 영숙이에게 '내려가서 영감의 팔을 잡고 늘어지라'는 부탁을 할 때에 영숙이는 마침내 거절하는 태도를 노골적으로 나타내지 않을 수가 없었다.

"인젠 그만두어요. 그런 무능자를 따라서 귀국했다가 밥바가지 들고 다니게… 생각만 해도 진저리가 나요."

그는 이렇게 거절해버렸다.

택시가 왔다.

남편과 옥순이가 택시에 오르는 소리, 서로 작별하는 소리, 그 뒤에는 택시의 떠나는 소리가 들렸다. 아직껏 무서운 참을성으로 참고 있었지만 영숙이는 더 참지 못하여 그 자리에 쓰러졌다. 그리고 마치 어린애와 같이 발버둥을 치며 울었다.

"오쿠상, 진정하세요. 그러게 내 그러지 않더냐구. 단나사마를 왜 따라가시지 않았어요?"

영숙이는 벌떡 일어났다. 그리고 갑자기 일본말이 나

오지 않는 그는 조선말로 노파를 욕을 하였다. 그런 뒤에 눈물을 씻고 남편이 잊어버리고 간 궐련을 끌어다가 한 개 붙여 물었다.

8

남편이 귀국한 지 한 주일 뒤에 영숙이도 귀국했다.

아직도 자기는 똑똑히 그렇다고 생각해본 일은 없었으나 동경에서 공부를 준비하고 있던 그의 마음 한편 구석에는 온전히 그 공부를 문제 밖으로 삼고 이제 다시 귀국하여 그 집안의 주부로서 일을 할 생각이 늘 움직이고 있던 것이었다. 더구나 비교적 영리한 그는 자기의 나이(그는 벌써 스물여덟이었다)가 이젠 공부할 시기가 지났다는 것도 깨달은 것이었다.

막연히 남편이 자기를 맞으러 올 때를 꿈과 같이 기다리고 있던 그에게 그의 예상대로 남편이 오기는 왔으나 자기는 돌아보지도 않고 어린 옥순이만 휙 채어가지고 귀국해버렸는지라 이제 더 동경에 혼자서 묵고 있는 것은 온전히 무의미한 일이었다.

더구나 옥순이까지 잃은 뒤에 시시각각으로 늘어가는 그의 적적함은 그로 하여금 낯선 동경에 그냥 묵고 있지를 못하게 하였다.

그는 귀국해서 곧 자기의 오라비를 남편의 집에 보내어 이혼 수속을 요구하였다. 그러나 남편은 꿈질꿈질 얼른 처결을 내리지 않았다.

영숙이의 평판이 평양에서는 매우 나빴다. 점잖은 집 딸, 명가의 아내, 두 아이의 어머니, 조강지처, 이러한 사람이 가정과 남편과 자식을 버리고 달아났다 하는 것에 평양 시민의 노여움이 발한 것이었다. 더구나 남편의 재산이 다 없어지는 것을 기회로 달아났다 하는 것은 더욱 그들의 노여움을 돋우었다.

영숙이가 어떻게 길에라도 나가면 뭇 사람들이 그를 손가락질하였다. 이전에는 가깝게 사귀던 사람이 그를 만나면 힐끔 돌아서버리는 사람조차 흔히 있었다.

거기에 대한 반항적 태도로써 부러 머리를 들고 평양 시내를 일없이 한동안 돌아다녀보았으나 그는 마침내 평양을 떠나서 서울로 올라가기로 결심하였다.

더구나 그 결심 가운데에는 용감스럽게도 자기의 장래를 개척해보겠다는 장한 희망까지 섞여 있었다.

그의 그때의 결심에 의지하건대, 그는 서울로 올라가서 여성해방 운동의 한 거두가 되지 않으면 안 될 것이

144

었다. 자기의 남편이 사회에서 얻은 소설가로서의 명망보다 훨씬 더 크고 빛나는 명망을 짊어지지 않으면 안 될 것이었다. 헬머의 집에서 벗어난 노라가 이 뒤에 다시 헬머 앞에 나타날 때에는 헬머로 하여금 머리를 숙일 만한 인격과 명성을 얻지 않으면 안 될 것이었다. 이만한 결심 아래 그는 평양을 뒷발로 차던지고 서울로 올라갔다.

서울의 그의 동무들은 영숙이를 어쨌든 맞아주었다. 조선의 노라, 인습을 때려부순 용사, 가정과 남편을 뒷발로 차버린 투사… 이러한 여러 가지의 명예 있는 이름으로써 그들은 영숙이를 맞아주었다.

그러나 기실 영숙이는 노라가 아니었다. 노라는 헬머의 집안의 한 인형이었던 데 반하여 영숙이는 남편의 집 주권자요 주재자였으며 겸하여 대표자였다. 다만 그와 노라가 공통되는 점은 가정과 남편과 두 아이를 내버리고 달아난 것뿐이었다. 그러나 노라가 가정과 남편과 자식을 버리고 달아난 데 대하여 자세하고 완전하게 이해를 못 가진 영숙이는 자기를 그 유명한 문호 입센이 세상에 보여 준 한 대표적 이상적 여성 노라와 같은 사람으로 믿은 것뿐이었다. 그의 동무들이 아무 비난 없이 대함으로써 그는 이 신념을 더욱 굳게 하였다. 그리고 그

145

는 거기서 자기에게 있는 영웅적 일면을 발견하고 스스로 오히려 기뻐하고 자랑스럽게 생각하였다.

"노라, 조선의 노라."

그는 때때로 혼자서 뇌어보고는 만족한 듯이 빙그레 웃고 하였다. 그리고 아무런 후회나 자식에 대한 미련을 느끼지 않았다.

9

1년이 지났다.

그의 주위에도 한 그룹이 생겼다. 그것은 모두 영숙이와 같이 가정과 남편을 뒷발로 차던지고 뛰쳐나온 사람들로 조직된 그룹이었다.

그들은 모이면 남성의 포학함을 욕하였다. 남성, 더구나 남편이라는 남성의 우월감과 거기에서 나온 압제를 저주하였다. 그리고 여자의 해방을 부르짖었다. 우리도 사람이다 하였다.

그리고 아무 불평과 불만이 없이 가정생활을 하는 친구들을 찾아다니면서 가정에서 뛰쳐나오기를 권하였다. 남편을 반역하기를 권하였다. 그리고 그들의 유일의 표어는 인습을 벗어버리라는 것이었다.

그러는 가운데서도 그를 가장 괴롭게 한 것은 때때로 폭풍우와 같이 그를 엄습하는 성욕의 물결이었다. 서른 과부, 가장 성적 충동을 느낄 시기에 있는 그는 때때로 무섭게 몸과 마음을 엄습하는 성욕 때문에 눈이 어두워지고 정신이 아득해지는 때까지 있었다.

어떤 가을날 저녁, 이날도 성적 충동 때문에 몸과 마음을 걷잡을 수가 없던 그는 후다닥 산보를 나갔다. 그리고 이 골목에서 저 골목으로 돌아다니던 그는 어떤 좁은 골목에서 술에 취한 사람 하나를 만났다. 영숙이는 길을 비켜주느라고 어떤 집 담장을 꼭 끼고 섰다.

취한 사람은 영숙이의 앞에까지 왔다. 그러나 지나가지는 않고 딱 멈추고 서서 영숙이를 들여다보았다. 처음에 영숙이는 침이라도 탁 뱉어주고 가버리려다가 이상한 호기심으로 태연히 마주 바라보아주었다. 취한 사람은 눈의 초점을 맞추는 듯이 얼굴을 이리 찡그리고 저리 찡그리며 한참 영숙이의 얼굴을 바라보다가 그만 혼자서 하하하하 하고 웃더니,

"난다 파파이지야 나이카(뭐야, 노파 아니야?)"

하고는 비틀비틀 걸어가버렸다.

"오라질!"

영숙이도 마주 저주를 하였다. 그리고 노여움으로 흥분이 되어 씩씩거리며 집으로 돌아와버렸다.

그러나 그 뒤부터 영숙이는 차차 화장에 몹시 힘을 쓰기 시작하였다.

무능자인 그의 남편은 무얼 하나? 가정에서는 아무것도 모르는 한 바보였지만 사회적으로는 예술과 소설가의 한 거두로서 이름 있던 그의 남편은 이즈음은 아무것도 쓰는 것이 없었다. 그의 반대파에서는 그를 청산하였다고 기뻐들 하였다.

본시 자기에 대한 비평이나 반박에 대하여는 일절 응답을 안 하던 그는 역시 침묵을 지키고 있을 뿐이었다.

영숙이는 그것을 자기의 힘으로 믿었다. 자기가 아직껏 그의 집안의 현부로서 온갖 일을 다 살펴주어서 그로 하여금 집안에 대하여는 마음 놓고 창작의 붓을 들게 하였기에 그의 문명이 올랐지, 자기를 잃어버린 그는 지금은 다만 한낱 바보에 지나지 못할 것이었다. 집안의 가장과 주부를 겸하여야 할 지금의 그, 어린애들의 아버지와 어머니 노릇을 겸해야 할 그, 더구나 가난에 싸인 그가 아무것도 하지 못할 것은 정해둔 일이었다.

"인제야 저도 다 됐지."

때때로 영숙이는 자랑에 가까운 마음으로 이렇게 자기에게 이야기하고 하였다. 그리고 그러한 태도를 남에게 나타내기도 결코 주저하지 않았다.

"글쎄, 봐요. 바보라우 바보야. 제가 무얼 하나. 내가 있었기에 이러구저러구 했지 할 게 뭐란 말이오? 아마 그 사람을 직접으로 모르는 사람들은 훌륭하게 알겠지? 그렇지만 급기야 만나보면 우스워요."

그는 친구들에게 이렇게 자랑하였다. 그리고 여성의 위대한 힘을 더욱 과장하였다.

10

또 1년이 지났다.

그때에 아직껏 침묵을 지키던 영숙이의 전남편의 소설이 오래간만에 어느 잡지에 발표되었다. 그다음 달에는 소설 세 편이 발표되었다. 그 뒤부터는 다달이 몇 편씩 발표되었다.

영숙이는 의외의 마음으로 이 광경을 바라보았다. 그때 영숙이는 새 남편을 맞아가지고 새로운 살림을 시작한 때였다.

그의 동지들도 대개 한 사람 혹은 몇 사람씩의 소위

'제비'를 달고 있었다. 영숙이의 지금 남편은 영숙이의 어떤 친구 '제비'이던 사람이었다.

그러나 이때 영숙이는 차차 자기의 생활과 미래에 대하여 불안을 느끼기 시작한 때였다. 더구나 그 불안 속에는 커다란 불유쾌조차 있었다. 자기라는 한 여성은 '시대의 한 희생물'에 지나지 못하지나 않나 하는 것을 어렴풋이 자각한 데에서 나온 커다란 불유쾌였다. 그것은 명료하지 못한 불유쾌였다. 그러나 가슴을 우려내는 듯한 아픔에 다름없었다.

영리한 그는 지금 남편과 언제든 백년해로를 속삭이면서도 이 살림이 며칠을 계속하지 못할 것을 막연히 느꼈다. 그런 뒤에는 또 한 남편을 구하지 않을 수 없을 것이었다. 셋째에서 넷째로, 넷째에서 다섯째로… 이렇게 지낼 동안 자기의 얼굴에 주름살만 잡히면 그때는 온갖 파멸이 이를 것이었다.

지금 매일 신문지는 새로운 여성이 가정을 버리고 뛰어나오는 것을 보도한다. 그리고 그것은 모두들 영숙이와 마찬가지고 아무러한 완전한 자각도 없이 혹은 일시적 반항심을 혹은 일시적 들뜸으로 혹은 남의 권고에 넘어가서 자기의 장래라는 것은 고찰해볼 여유도 없이 뛰쳐나오는 것이었다. 그리고 그러한 현상은 이후에도 끊임없이 계속될 것이었다. 그리하여 20년, 30년, 혹은 50년이 지나서 영숙이 같은 선구자들이 어떠한 말로를 지었는지 '역사'라 하는 것이 예증을 들게 될 때에야 비로소 그칠 것이었다.

그러면 자기라 하는 한 여성은 후인을 경계하는 한 표본에 지나지 못하나, 할 때에 그는 온몸을 떨었다. 그리고 제 장래를 위하여 마음은 늘 전전긍긍하였다.

그리고 그러한 심리의 결과로서 그는 지금의 이 남편만은 어떻게 해서든 잃지 않으려고 온 수단을 다 썼다. 자기보다 나이 어린 남편의 사랑, 좀 하면 튀어나가려는 그 사랑을 구하기 위해 그는 별 아양을 다 부려보았다.

전남편의 가정에서 주권자요 주재자이던 그는 이번의 이 가정에서는 뚝 떨어지면서 인형의 지위는커녕 피정복자의 지위조차 잃어버리지 않으려고 온 수단과 노력을 다 쓰지 않으면 안 될 지위에 있었다. 그리고 지금 남편의 환심을 사기 위하여는 그는 전남편에게서 달아날 때에 가지고 나온 3,000원의 돈(아직껏 꼭꼭 싸서 감추어두었던 것)조차 내놓기를 주저하지 않았다.

이리하여 커다란 불안과 노력 아래 영숙이의 두 번

째 가정생활은 차차 진행되었다.

또 반년이 지났다.

그때에 신문은 영숙이의 전남편의 혼약을 보도하였다.

고독한 가운데에서 비상한 정력으로 창작을 하던 씨는 전 부인이 출분한지 3년 되는 이 여름에 ○○○ 양과 가연을 맺어 운운… 신문의 '문단소식란'에 이러한 기사가 났다.

그때의 영숙이는 두 번째의 가정생활조차 깨어져버리고 자기의 입을 치기위하여 거리에서 웃음을 파는 한 직업여자가 된 때였다.

영숙이의 두 번째 가정이 깨어진 데 대하여는 영리한 영숙이로도 그 이유를 똑똑히 알 수가 없었다. 영숙이가 전남편의 집에서 뛰쳐 나온 것과 같이 그 이유는 지극히 막연한 것이었다.

"이 다음에 돈 많이 벌어가지고 다시 만납시다."

이 한마디를 마지막 말로 남겨놓고 남편은 나가서 다시 집에 돌아오지 않은 것이었다.

6장

사기사

서울로 이사를 와서 행촌동에 자그마한 집을 하나 마련한 이삼일 뒤의 일이다. 그날 나는 딸 옥환이를 학교에 입학시키기 위하여 잠시 문안에 들어 갔다가 나왔다. 그동안 집은 아내 혼자서 지키고 있었던 것이다.

　　집으로 돌아와서 보매 집 대문간에 웬 자그마한 새 쓰레기통이 하나 놓여 있었다. 그래서 웬 거냐고 아내에게 물으매, 그의 대답은 경성부청 관리가 출장 와서 사라 하므로 샀노라 하면서 값은 2원인데 시재 1원 70전밖에 없어서 그것만 주고 저녁 5시에 나머지를 받으러 오라 하였다 한다.

　　나는 의아히 여겼다.

　　첫째로 경성부청에서 쓰레기통 행상을 한다는 것부터가 이상하였고, 둘째로 비록 행상을 한다 할지라도 이런 엉뚱한 값(그것은 1원 내외의 값밖에는 못 갈 것이다)으로 폭리를 취한다는 것도 이상하였고, 셋째로 대체 관청의 일이란 이편에서 신입을 하고 재촉을 하고 하여도 여러 날이 걸리는데 당일로 들고 와서 현금을 딱 받아가며 더구나 30전의 외상까지 놓았다는 것이 이상하였다.

그래서 아내에게 캐물으매, 아내에게는 더욱 기괴한 대답이 나왔다. 즉, 아까 10시쯤 웬 양복쟁이가 하나 와서 자기는 경성부 위생계 관리인데 쓰레기통을 해놓으라 하였다. 그래서 아내는 주인이 지금 없어서 모르겠노라고 하니까, 그는 주인의 돌아올 시간을 재차 물으므로 아내는 5시 내외면 넉넉히 돌아오리라고 하매 그때쯤 그는 다시 오마하고 그냥 돌아갔다. 그로부터 한 시간쯤 지나서 그자가 다시 왔다. 웬 인부에게 작다란 쓰레기통을 하나 손에 들리워 가지고. 그리고 그자의 하는 말은 대략 이러하였다.

쓰레기통은 경성부의 위생을 위하여 부민이 반드시 해놓아야 할 것이며, 이것이 주인의 의사로써 하고 안 하고 할 것이 아니라 관청의 명령으로써 시키는 것이다. 부에서 온공히 시킬 때에 하지 않았다가 경찰서에서 먼저 말을 내게 되면 과료에 처한다. 이것은 주인의 유무로 결정될 문제가 아니라 관청의 명령이니 곧 사놓아야 한다… 그러면서 그는 쓰레기통의 값으로 2원을 청구하였다 한다.

아내는 어리둥절하였다. 아직 세상 물정을 잘 모르는 아내는 관청의 명령이라는 데 질겁을 해서 돈을 주려고 보매, 불행히 1원 70전밖에는 시재가 없었다. 그래서 그 관리(?)에게 시재 2원이 없으니 저녁때 주인이 돌아온 뒤에 다시 돈을 받으러 오라 하였다. 그러매 그자는 그럼 있는 것만 미리 받고 나머지는 저녁때 또 받으러 오겠다 하므로 있는 1원 70전을 내주고 30전은 외상을 졌다 하는 것이다.

이것은 사기가 분명했다. 그래서 아내의 세상 물정 모르는 것을 꾸짖었다.

경성부청에서 부민에게 폭리를 취하여 쓰레기통을 팔아먹을 리는 없고, 더구나 위협을 해가며 억지로 팔 리도 만무하며, 마지막으로 주인이 저녁에야 돌아온다는 말을 듣고 오전 중에 재차 쓰레기통을 들고 와서 돈을 받아간 점의 괴상함을 설명하고 어리석게도 이런 사기에 걸렸느냐고 하였다.

아내는 사기에 걸렸다는 말을 듣고 분해서 펄펄 뛰었다. 저녁때 나머지 30전을 받으러 올 터인데 그러면 그때 잡아서 경찰에 보낸다고 펄펄 뛰었다.

그러나 나는 그자가 다시 오리라고는 생각지 않았다. 그런데 내 예상에 반하여 저녁때 30전을 받으러 웬 자가 왔다.

"노형, 경성부에서 왔소?"

"네, 위생계에서."

이 한마디의 응답뿐. 나는 오른손을 들어서 그의 멱살을 잡았다.

"명함을 내놓우."

"명함… 없… 없습니다."

"없어? 무슨 어림없는 소리야. 그래…"

이 통에 아내가 뛰어나갔다. 그리고 아내의 말은 이 자는 아침에 왔던 자는 아니라 하는 것이다. 즉, 대리를 보낸 것이다.

대리라도 좋다. 그 일당인 이상에는 이런 사기꾼들은 없애야 한다.

"그래, 경성부에서 쓰레기통 행상을… 더구나 오시우리(강매)를 하며 이 20전짜리도 되지 못할 물건을 부민에게 2원에 판단 말이야? 시비는 여기서 가릴 것이 아니라 경찰서로…"

그러매 그자가 깜짝 놀랐다.

"2원이라뇨?"

"2원이기에 1원 70전을 받고 30전을 또 받으러 왔지"

"아니올시다. 그런 고약한 놈. 이 쓰레기통은 1원 20전이올시다. 아까 90전만 받았노라고 30전을 더 받아 오라기에 왔습니다. 엑, 고약한 놈. 잠깐 기다리세요. 제가 그놈을 잡아가지고 오리다."

이 깜빡수에 나는 속았다. 그래서 빨리 잡아오라고 그자를 놓아주었다.

놓아준 지 1분 내외에 속은 것을 안 나는 그자를 찾으려고 길로 뛰쳐나가 보았다. 그러나 그자의 행방은 벌써 모르게 되었다. 그 근처를 샅샅이 뒤져 보았지만 하늘로 솟았는지 땅으로 스몄는지 그자의 거처는 보이지 않았다.

행촌동은 신개지이다.

신개지니만치 쓰레기통 장사도 흔하였다. 그들은 모두 근엄한 얼굴로 손에는 수첩을 들고 부리(府吏)의 행세를 하며 쓰레기통을 사라고 호령하며 다녔다.

이런 자들을 볼 때마다 나는 아내를 불러내어 그자의 얼굴을 감정시키고 하였다. 아내고 평생에 처음 걸려 본 사기인지라 그자를 꼭 잡아내지 못하면 꺼림칙하다고 늘 잡아내려고 애를 쓰고 있었다.

두 달이 지났다.

봄은 여름이 되었다.

어떤 날, 앞집에서 무슨 둥둥 하는 소리가 들렸다. 그 가운데에는 부청이란 말이 있었다. 쓰레기통이란 말이 있었다. 그 소리에 귀가 번쩍한 나는 앞집을 내다볼 수가 있는 구멍으로 가서 내다보았다. 앞집에는 웬 양복쟁이가 하나 와서 주부만 있는 그 집에 쓰레기통 흥정을 하고 있는 것이었다.

나는 아내를 불렀다. 그리고 예에 의지하여 그자를 감정시켰다. 그랬더니 아내는 그자를 내다보더니 얼굴이 빨갛게 되며 내게는 아무 말도 없이 거기 있는 대(臺)에 올라서서 앞집을 넘겨다보며 흥분된 말씨로,

"당신이 전에 우리 집에 쓰레기통 판 사람이지요?"

한다. 나도 뒤따라 올라섰다.

앞집 대문 안에는 웬 양복쟁이가 하나 서 있었다. 그는 우리들이 넘겨다 보는 바람에 당황하여 연하여 '아니올시다', '모릅니다'를 부르짖는다.

그러나 아내는 내게 향하여 분명히 그 사람이라고 밝혀준다. 여기서 나는 곧 뛰어내려서 대문으로 뛰어나가서 길을 휘돌아서 앞집으로 달려갔다.

"?"

이삼 분 전까지도 그 집 대문 안에 있던 사람이 내가 달려간 때에는 벌써 없어졌다. 앞집 사람에게 물으매, 오후 2시에 쓰레기통을 가져오마 하고 달아났다 한다. 그래서 산으로 길로 달아난 그를 잡으려고 한참 헤매다가 잡지 못하고 하릴없이 앞집에 오후에 오거든 좀 알려 달라고 부탁을 한 뒤에 집으로 돌아왔다.

오후 2시, 4시, 앞집에서는 아무 소식도 없었다. 없는 줄 짐작도 하였다.

그자가 아까 혼이 나서 달아난 이상에는 이제 다시 안 오거나 온다 할지라도 밤에나 몰래 올 것이다.

6시도 지났다. 밤 7시도 지났다. 사면은 캄캄해졌다.

그때 앞집에서 무슨 숭얼숭얼하는 소리가 들렸다. 동시에 우리 집으로 향한 담벽을 두드리는 소리가 들렸다.

"왔다!"

나는 아내를 재촉해가지고 앞집으로 돌아 나갔다.

그러나 그 사람은 지극히도 귀 밝은 사람이었다. 그는 우리가 돌아오는 기색을 어느덧 살피고 쓰레기통을 내버린 채 또 달아났다.

또 잃었다. 우리는 할 수 없이 앞집에 다시 부탁해

쓰레기통을 대문 안에 들여놓고 대문을 잠그게 하였다. 그가 몰래 다시 와서 쓰레기통을 가지고 돌아감을 막기 위해서다.

밤 10시도 지났다. 우리도 이젠 하릴없이 잘 준비를 하려 하였다. 그때였다. 앞집에서 또다시 사람의 소리가 들렸다. 소리를 낮추어서 주인을 찾는 소리가 들렸다. 소리를 낮추어서 주인을 찾는 소리로서 그것은 정녕 쓰레기통 장수의 소리였다.

그를 잡았다. 앞집에서 쓰레기통 값을 내주는 것을 받으려 할 때에 잡은 것이다.

"당신이 뒷집에 쓰레기통을 판 사람이지?"

"그런 일이 없습니다."

그는 딱 잡아뗐다.

"몰라? 여보…"

나는 뒤따라 나온 아내에게로 돌아섰다.

"분명히 이 사람이지?"

"…그 사람 같아요."

그 사람이 너무도 딱 잡아떼므로 아내도 어리둥절한 모양이었다.

"내가 언제 당신의 집에 갔더란 말요? 나는 이 동리

에는 처음으로 온 사람이오."

아내가 어리둥절해하는 것을 보고 그도 펄펄 날뛰었다. 그러나 낮에 두 번이나 도망을 한 일이 있기 때문에 웬만한 자신을 얻은 나는 그의 팔을 내 옆에 꽉 꼈다.

"여기서 시비를 가릴 거 없이 요 앞 파출소까지 잠시 갑시다."

그리고 나는 그를 끌고 언덕길을 내려가기 시작하였다. 언덕길을 절반쯤 내려와서다. 그가 나를 찾았다.

"여보십쇼."

"왜?"

"이 팔을 놔주십시오."

"못 놓겠소."

"그럼 잠깐 저기 들어서서 한 말씀만 여쭙겠습니다."

"못 들어서겠소."

"그럼 여기서라도 여쭙겠습니다."

"그럼 여쭈우."

"저… 그… 그때는 잠,잠깐 속였습니다."

"?"

"미안합니다. 잠깐 속였습니다."

"속여?"

"네. 그… 영업상 거짓말을 조금 했습니다."

"거짓말을 해?"

"네. 용서해주십시오."

이전에 차에서 사기꾼을 잡은 일이 있었다. 내 뒷주머니에 사람의 촉감을 느끼고 빨리 그리로 손을 돌리매, 웬 사람의 손이 하나 붙잡혔다. 그때 그 손의 주인이 애원하는 듯이 나를 쳐다보는 눈을 보고 나도 말없이 눈으로 한번 꾸짖은 뒤에 슬쩍 놓아주었다.

오래 잡기를 벼르던 인물이로되 급기야 잡고 그의 애원을 들으매 경찰까지 끌고 갈 용기가 안 생겼다.

그래서 나는 몇 마디 설유(說諭)를 하였다. 영업상 값을 속이는 것은 혹은 용서할 수가 있으되, 부리의 행세를 하면서 부녀자나 무식한 사람들만 있는 데를 골라다니며 억지로 팔아먹는 것은 용서하지 못할 일이니, 이 뒤에는 아예 그런 행사는 하지 말라고…

그날 밤, 아내는 나에게 이런 말을 하였다.

"잡는 맛이 여간이 아니외다. 잡는 맛이 그만하다면 또 한번 속아 보았으면…"

7장
벗기운 대금업자

"여보, 주인."

하는 소리에 전당국 주인 삼덕이는 젓가락을 놓고 이편 방으로 나왔습니다. 거기는 험상스럽게 생긴 노동자 한 명이, 무슨 커다란 보퉁이를 하나끼고 서 있었습니다.

"이것 맡고, 1원만 주우."

"그게 뭐요?"

"내 양복이오. 아직 멀쩡한 새 양복이오."

삼덕이는 보를 받아서 풀어보았습니다. 양복? 사실, 양복이라고 밖에는 명명할 수 없는 물건이었습니다. 걸레라 하기에는, 너무 무거웠습니다. 옷감이라기에는 벌써 가공을 한 물건이었습니다. 그것은, 낡은 스카치 양복인데, 본시는 검은빛이었던 것 같으나 벌써 흰빛에 가깝게

167

되었으며, 전체가 속실이 보이며 팔굽과 무릎은 커다란 구멍이 뚫린, 걸레에 가까운 양복이었습니다. 그리고 아무리 높이 보아도, 20전짜리 이상은 못 될 것이었습니다. 그러나 의리상 삼덕이는 그것을 뒤적여서 안을 보았습니다. 안은 벌써 다 찢어져 없어졌으며, 주머니만 세 개가 늘어져 있었습니다. 이것을 어이없이 잠깐 들여다본 삼덕이는, 그 양복을 다시 싸면서 머리를 흔들었습니다.

"저, 다른 집으로 가지고 가보시지요."

"뭐요?"

"다른…"

말을 시작하다가 삼덕이는 중도에 끊어버렸습니다. 그 손님의 험상궂은 눈이 갑자기 더 빛나기 시작한 때문이었습니다. 손님은 툇마루에 쿵 소리를 내며 걸터앉았습니다.

"여보, 그래 이 집은 전당국이 아니란 말이오?"

"네, 저, 전당국은 전당국이외다만…"

"그럼, 내 양복이 1원짜리가 못 된단 말이오?"

"못 될 리가 있습니까."

"그럼, 왜 말이 많아. 아, 그래…"

"가, 가, 가만계세요. 누가 안 드리겠답니까. 혹은 다른 집에 가면 더 낼 집이 있을까 하고 그랬지요. 드리다 뿐이겠습니까. 기다리십쇼, 곧 내다드릴게."

삼덕이는 그 자리를 피하여 이편으로 와서 손철궤를 열어보았습니다. 그속에는 단 23전!

"네, 곧 드리지요."

그는 손님에게 다시 한번 허리를 굽혀보고 안방으로 들어왔습니다.

"여보, 마누라. 돈 80전만 없소?"

"돈이 웬 돈? 무엇에 쓸려우?"

"누가 양복을 잡히러 왔는데, 20전밖에 없구려. 있으면 좀 주."

"없대도 그런다. 한데, 대체 1원짜리는 되우?"

"되게 말이지."

"정말이오? 당신이 1원짜리라고 잡은 건, 30전짜리가 되는 걸 못 봤구려."

"잔말 말고, 그럼 나가보구려. 그리고, 1원짜리가 못되겠거든 손님을 보내구려."

"내 나가보지. 웬걸 1원짜리가 되리."

아내는 혼잣말같이 이렇게 보태어가면서, 가겟방으로 나갔습니다. 그러나 3초가 지나지 못하여 아내도 뛰어들어 왔습니다.

"여보, 얼른 1원 줘서 보냅시다."

"1원짜리가 되겠습니까?"

"되겠기에 말이지. 또 안 되면 할 수 있소? 당신이 이미 작정한 이상에야…"

하면서 아내는 치맛자락을 들고 주머니를 뒤적이다가,

"60전밖에 없구려. 80전에는 안 될까?"

하면서 남편의 얼굴을 쳐다보았습니다.

"글쎄, 내가 1원으로 작정하고, 이제 뭐라고 다시 깎겠소. 당신 나가보구려."

"망측해, 주인이 작정한 걸 여편네가 또 뭐라구 깎는단 말이오? 그러나 20전이 있어야지."

"철수에게 없을까?"

"글쎄."

이리하여 그들의 아들 철수에게 교과서 사라고 주었던 돈까지 도로 얼러서 거두어, 10분이 남아 지나서야 동전 각전 합하여 1원이란 돈을 쥐고, 절럭절럭하면서 손을 부비며 가게로 나왔습니다.

"참, 너무 오래 기다리셔서… 돈을 은행에 찾으러 보내느라고… 한데 주소는 어디세요?"

"표지는 일없소. 당신 마음대로 오늘로라두 남겨서 팔우."

하고 손님은 돈을 받아 쥔 뒤에, 한번 기지개를 하고 나가버렸습니다. 그 뒷모양을 바라보면서 삼덕이는 기운 없이 한숨을 쉬었습니다.

"오늘도, 또 1원 손해났다."

삼덕이가 여기서 전당국을 시작한 것은 벌써 5년 전이었습니다. 시골 농가의 둘째 아들로 태어난 그는, 집 한 채 밑천과 그 밖에 장사 밑천으로 1,000원이라는 돈을 가지고 서울로 올라와서, 이리저리 자기가 이제 해나갈 영업을 구하다가 마침내 이 세민촌(細民村)에 전당국을 시작하기로 한 것이었습니다. 그의 머리가 생각되는 껏 생각하고, 몇 번을 주판을 놓아본 결과, 그중 안전하고 밑질 근심이 없는 영업이 이 전당국이었습니다. 그것도 많은 밑전이면 모르거니와, 단 1,000원으로 전당국을 서울에서 시작하려면 이런 세민촌 자리를 잡지 않을 수가 없었습니다. 5전짜리부터 2원짜리까지, 이러한 표준 아래서 그는 영업을 시작하였습니다.

그러나 1년 뒤에 결산해본 결과, 그는 뜻밖에도 200여 원이라는 손해를 보았습니다. 3년 뒤에는 그의 밑천

1,000원은 다 없어지고 집조차 어떤 음험한 고리대금업자의 손에 저당으로 들어갔습니다. 4년째는 제2저당, 지금은 제3저당… 이렇듯 나날이 다달이 밑천은 줄어들어가는 반비례 유질품(流質品)은 묏더미같이 쌓였습니다. 그리고 또 그 유질품이란 것이 어찌된 셈인지, 처분할 때마다 그는 그 원금의 3분의 1밖에 거두지를 못하였습니다.

비교적 마음이 순진하리라 생각하였던 세민굴의 사람들은, 그의 상상 이상으로 영리하였습니다. 그들은 전당국을 속이기에 온갖 수단을 다 썼습니다. 어떤 때에는 사내가 와서 눈을 부릅뜨고 전당을 잡혀갔습니다. 어떤 때에는 여편네를 보내어 눈물을 흘려가면서 애원하였습니다. 사내의 호통에는, 삼덕이는 물건을 검사해볼 여유도 없이, 질겁하여 달라는 대로 주었습니다. 여편네의 눈물에는, 그는 때때로 달라는 이상의 돈까지 주어 보냈습니다. 사흘 뒤에는 꼭 도로 찾아간다. 혹은 이것은 우리 집안에 대대로 물려 내려오는 물건이다. 이런 말을 모두 그대로 믿은 바는 아니었지만, 그리고 한가지의 일을 겪을 때마다 이 뒤에는 마음을 굳게 먹으리라고 단단히 결심을 하지만, 급기야 그런 일을 만나기만 하면 그는 또다시 약한 사람이 되고 하였습니다.

이리하여 5개년 동안을, 그 부근의 세민들에게 착취를 당한 그는, 지금 쓰고 있는 이 집조차 얼마 후에는 공매를 당하게 된 가련한 경우에 빠지게 되었습니다.

　그 1원짜리 양복을 잡은 이튿날 삼덕이는 유질된 몇 가지의 물건을 커다란 보자기에 싸서 지고, 늘 거래하는 고물상을 찾아갔습니다.

　"이것 또 좀 사주."

　그는 가게에 짐을 벗어놓고 땀을 씻었습니다. 고물상은 솜씨 익은 태도로 보를 풀어헤치고 물건을 하나씩 보기 시작하였습니다.

　"아이구, 이게 뭐요. 고무신, 합비, 깨진 바가지, 학생 외투… 가만, 이 학생 외투는 그다지 낡지 않았군. 구두, 모자, 이불… 김 주사 가지고 오는 물건은 하나도 변변한 게 없어."

　"좌우간, 잘 값을 해서 주구려."

　"잘해야 그렇지. 대체, 원금이 얼마나 든 게요?"

　"원금이라?"

　삼덕이는 주머니를 뒤적여서 종잇조각을 하나 꺼냈습니다.

　"원금이, 27원 80전이 든 겐데…"

"내일 또 만납시다. 김 주사도 농담을 할 줄 알거든."

"대체 얼마나 줄 테요?"

고물상은 주판을 끌어당겼습니다.

"그 학생 외투는 이것."

하면서 2원이라고 주판을 놓았습니다. 그리고 한 가지 물건을 옮겨놓을 때마다 20전, 혹은 40전씩 가하여 나가서, 마지막에 10원 23전이라 하는 숫자가 나타났습니다.

"10원 23전, 에라, 김 주사 낯을 봐서, 10원 50전만 드리지."

"15원만 주구려."

"어림없는 말씀 마오. 15원을 드렸다는 내가 패가하게. 값은 이 이상 더 놓을 수가 없으니깐, 마음에 안 맞거든 이다음에나 다시 만납시다."

"그러니, 내가 억울하지 않소? 원금만 해도 27전 각수(角數)가 든 걸 단 10원이 뭐요."

"그거야, 김 주사가 잘못 잡은 걸 뉘 탓할 게 있소."

"그렇지만, 조금만 더 놓구려."

"여러 말씀 할 것 없이, 다른 집에 한 바퀴 돌아보구려. 나보담 동전 한푼이라도 더 놓는 놈이 있다면, 내 모가질 드리리다. 원, 특별히 놔드려두…"

삼덕이는 기다랗게 한숨을 쉬었습니다. 그리고 얼굴이 별하게 싱거워지면서, 다시 보를 싸가지고 그 집을 나왔습니다.

그러나 두 시간쯤 뒤에 그는 다시 그 집에 들어갔습니다. 그리고 그 집에서 나올 때에는, 아까 들어갈 때 지고 있던 짐은 없어졌으며 그 대신 그의 주머니 속에는 10원 50전이라는 돈이 들어 있었습니다.

어떤 날, 삼덕이가 가게에 앉았을 때에 어떤 아이 업은 여인이 들어왔습니다.

"응, 울지 말아, 울지 말아. 이것 좀 보시고, 얼마든 주세요."

여인은 업은 아이를 어르며, 무슨 보퉁이를 하나 내놓았습니다. 그 속에는 낡은 합비 하나와 고무신 한 켤레가 있었습니다.

"얼마나 쓰시려우?"

"오, 십, 전, 만."

여인은, 말을 채 마치지를 못하였습니다.

"50전? 5전 말씀이지요? 두 냥 반."

"아냐요. 스물 닷 냥 말씀예요. 부끄러운 말씀이외

다만, 애 아버지가 공장에서 손을 다치셔서, 보름째 일을 못하는데… 저흰 요 앞에 삽니다… 그런데 약값 쌀값에, 그사이 모았던 건 다 없이 하구, 어쩔 도리가 있습니까. 그래서 나리께나 사정을 해볼까 하고 왔는데, 물건을 보시고 주시는 게 아니라, 사람 한 식구 살리는 줄 알고 주세요. 애 아버지가 공장에 다니게만 되면, 그날로 찾아갈 테니, 한 식구 살리는 줄 아시구…"

아직껏 우두커니 여인의 웅변을 듣고 있던 삼덕이는 홱 돌아앉아 버렸습니다.

"그러나, 이걸로야 50전이 되겠소?"

"그저, 사람 살리는 줄 아시고…"

삼덕이는 증오에 불붙는 눈을 여인의 얼굴에 부었습니다. 그리고 성가신듯이 50전짜리 은전을 한 닢 꺼내어 던져주었습니다. 여인은 이 은혜는 죽어도 잊지 못하겠다고 뇌면서 나갔습니다.

지금 그 여인의 하소연의 열의 아홉은 거짓말임을 삼덕이는 번히 알고 있었습니다. 그러나 급기야 그런 일을 닥치면 또한 거절할 말을 발견할 만한 재능을 가지고 있지 못한 삼덕이었습니다.

가을이 되었습니다.

어떤 날, 문이 기운 세게 열리며, 학생 한 사람이 쑥 들어섰습니다.

"이것 내주우."

삼덕이는 학생이 내놓는 표지를 받아서 보았습니다. 그것은 벌써 두 달 전에 유질되어 고물상에 2원에 팔아 버린, 그 학생 외투의 표지였습니다.

"이건, 벌써 유질됐습니다."

"유질이란? 지금이 입을 철이 아니오?"

"철은 여하튼 기한이 두 달 전인 것은 아시겠지요?"

"여보, 두 달 전이면 아직 더울 때가 아니오? 더울 때 외투 입는 미친놈이 어디 있단 말이오? 지금이 외투 철이길래 찾으러 왔는데, 유질이 무슨 당치 않은 소리요?"

"그럼, 왜 기한에 이자라도 안 물었소?"

"흥, 별소릴 다하네. 난 학생이야, 이놈의 집에선 학생도 몰라보나? 봅시다, 흥! 흥!"

학생은 두어 번 코웃음을 친 뒤에 나갔습니다. 이튿날, 삼덕이는 호출로 말미암아 경찰서 인사 상담계에 가게 되었습니다.

"자네가 학생 외투를 전당 잡았다가 팔아먹었나?"

"네."

"왜 팔아먹어."

"기한이 넘어도 아무 말도 없고, 그러기에 그만…"

"기한 기한 하니, 그래 자네는 기한을 먹고사나? 여느 사람과 달라서 학생은 학비 문제로 늘 곤란을 받는 사람들이니깐, 외투 절기까지나 기다려보고 팔 게지. 기한이 지났다고 그 이튿날로 팔아버리는 건, 너무 대금업자곤조(근성)가 아니냐 말이야."

"지당하신 말씀이올시다."

"지당만 하면 될 줄 아나?"

"황송하옵니다."

"못난 녀석! 지당하다, 황송하다, 누가 자네한테 그런 소릴 듣자고 예까지 부른 줄 아나. 그래, 어찌하겠느냐 말이야?"

"그저 처분만 해주십쇼. 처분대로 합지요."

"그 외투를 어디다가 팔았어?"

"○○정 ○○고물상이올시다."

"아직, 그 집에 있겠지?"

"아마 있겠습지요."

"얼마에 잡어서, 얼마에 팔았나?"

"1원 90전에 잡아서 2원에 팔았습니다."

"그럼 내 말을 들어."

"네."

"그 학생은, 그사이 여섯 달 이자까지 갚겠다니깐 아마 2원 50전이야 주겠지. 그 돈으로 그 고물상에 가서, 그 외투를 다시 사서, 학생을 도로 내주란 말이야."

"처분대로 합지요."

"오늘 저녁 안으로 도로 외투를 물러오지 않으면 잡아 가둘 테야."

"네, 황송하옵니다."

이리하여 땀을 우쩍 빼고 그는 경찰서를 나왔습니다.

그날 오후, 그는 그 고물상과 한 시간 남아를 담판하고 애걸한 결과, 그 외투를 겨우 3원이라는 값에 도로 사기로 하였습니다. 그리고 원금 20여 원 어치 유질품을 지고 가서, 그 외투와 현금 14원 각수를 찾아가지고 집으로 돌아왔습니다.

이튿날, ○○신문 잡보란에 '사집행한 전당업자'라는 제목 아래 이런 기사가 났습니다.

시내 ○○정 ○○번지에서 전당업을 하는 김상덕(37)은 어떤 학생에게 사소한 금전을 대부하였던 것을 기화

로, 그학생의 외투 70여 원짜리를 사집행하였던 일이 피
해자의 고소로 탄로되어 ○○서에 인치되어 엄중한 취조
를 받았다더라.

이 기사를 보고도 삼덕이는 성도 못 냈습니다. 너무
온갖 걱정과 고생에 시달린 그는, 지금은 모든 일을 되는
대로 내버려두자는 커다란 철리를 깨달은 때문이었습니다.

겨울이 이르렀습니다.

인제는 밑천이 없어서 새로 잡을 물건을 잡지를 못
하고, 유질품은 거의 처분해버린 그의 전당국은 마치 빈
집과 같았습니다.

그는 아내의 얼굴을 보지 않으려 하였습니다. 아내
는 그의 얼굴을 안 보려하였습니다. 서로 만나면 걱정을
안 할 수 없고, 걱정해야 활로를 발견할 수 없는 그들은
서로 얼굴을 보지 않는 것으로 얼마의 근심이라도 덜어
졌거니 하였습니다.

어떻게 마주 앉을 기회가 생길지라도 그들은 서로
말을 하기를 피하려 하였습니다. 그러나 정 무거운 가슴
을 참을 수가 없으면 먼저 한숨을 쉽니다.

"여보, 어쩌려우?"

아내가 먼저 남편을 찾습니다.

"내니 알겠소? 설마 사람이 굶어야 죽으리."

"에이, 딱해!"

아내는 팔을 오들오들 떱니다. 그러면 귀찮은 듯이, 못 본 체하고 한참 위만 쳐다보고 있던 남편은 허허허 하니 너털웃음을 웃으며 번뜻 자빠져버립니다.

이것이 이즈음의 그들의 살림이었습니다.

음력 섣달이 거진 가서 그들의 집은 마침내 공매를 당하였습니다.

그 삼사 일 뒤에, ○○신문에는 커다랗게 이런 기사가 났습니다.

연말이 가까워오면서 채귀에게 시달리는 여러 가지의 비극이 많이 일어나는 가운데, 채귀가 채귀에게 시달려서 유랑의 길을 떠나게 된 사건이 있어서 일부 사회의 이야깃거리가 되었으니 그 자세한 내용을 듣건대, 시내 ○○번지에서 전당국을 경영하던 김상덕은 본시 ○○ 출생으로 ○○정의 빈민굴 가운데 전당국을 개업하고 온갖 포학한 일을 다하여 무산자의 피를 빨아서 호화로운 생활을 하고 있었는데, 그 호화로움이 과하여 마지막에는 그사이 모았던 재산 전부를 화류계에 낭비하고도 부족하여 무산자의 입질물(入質物)까지 임의로 처분하여

많은 말썽을 일으키던 가운데, 마침내 인과응보로서 거
(去) 27일에 재산 전부를 다른 채권자에게 차압 공매된
바 되어 마침내 유랑의 길을 떠났다는데, 일부 사회에서
는 그것을 몹시 통쾌히 여긴다더라.

그로부터 한 달, 각 직업소개소며 공장으로, 집안의
몇 식구를 행여나 살려볼 방도가 생길까 하고 삼덕이는
눈이 벌겋게 되어 돌아다녔습니다. 그러나 말세에 태어난
슬픔을 맛본 뿐, 한가지의 직업도 그를 받아주지 않았습
니다.

이리하여 또 한 달이 지난 뒤에, 위로는 채권자에게
아래로는 프롤레타리아에게 여지없이 착취를 당한 이 소
시민의 한 사람은(그들과 같은 계급의 사람들이 같은 경로를 밟
아서 행한 일의 뒤를 좇아서), 마침내 온 가족을 거느리고, 사
랑하는 고국을 등지고 만주를 향하여 유랑의 길을 떠났
습니다.

8장

안 돌아오는 사자

"또 한 놈-."

"금년에 들어서도 벌써 네 명쨋가 보오이다."

"그런 모양이다. 하하하하."

용마루가 더릉더릉 울리는 우렁찬 웃음소리였다.

"어리석은 놈들. 무얼하러 온담."

저편 행길에 활을 맞아 죽은 사람들, 누각에서 내려다 보며 호활하게 웃는 인물. 비록 호활한 웃음을 웃는다 하나, 그 뒤에는 어디인지 모를 적적미가 감추여 있었다. 칠십이 가까운 듯하나 그 안색의 붉고 윤택 있는 점으로든지, 자세의 바른 점으로든지, 음성의 우렁찬 점으로든지, 아직 젊은이를 능가할 만한 기운이 넉넉하여 보였다.

"인제도 또 문안사(問安使)가 오리이까?"

"또 오겠지. 옥새(玉璽)가 내 손에 있는 동안은, 연달아 오겠지."

"문안사들이 가련하옵니다."

"할 수 없지."

함흥 본궁에 돌아와 계신, 이씨 조선의 건국자이신 태조 이성계. 지금의 위계로는 태상왕(太上王)이시었다.

태상왕께서 당신의(생존한) 맏아드님 방과(芳果-정종대왕)께 왕위를 물려드리고, 이 함흥 본궁으로 오신 지도 이미 수개 년. 그때 위를 받으셨던 정종대왕도 이미 퇴위하시고, 태상왕께는 다섯째 아드님이요 정종대왕(인젠 상왕)께는 아우님이 되시는 방원(芳遠)이 등극하신 지도 또한 몇 해가 지났다.

함흥 본궁에 한거해 계시고 인젠 세상 잡무는 모르신다 – 표면에 이렇게 되어 있었지만, 그 이면에는 여러 가지의 사정이 있었다.

서울 왕에게서 함흥 계신 태상왕께 문안사가 오면, 태상왕은 만나 보시지 않고 오는 문안사마다 모두 멀리서 활로 쏘아 죽여 버렸다. 이전 고려조에 신사(臣仕)할 때부터 명궁(名弓)의 이름이 높던 태상왕의 살은, 벌써 수십 명의 왕사를 만나지도 않고 죽여 버렸다.

옥새라 하는 것은 당연히 왕이 가지셔야 할 것임에도 불구하고, 태상왕은 당신의 손으로 아직도 옥새를 맡아 가지고 계시고 아드님께 물려드리지를 않으셨다.

말하자면 왕위를 물려받으신 정종대왕이며 그 뒤를 또 물려받으신 태종대왕은, 왕의 위에는 오르셨다 하나 왕위를 증명하는 옥새는 그냥 태상왕의 손에 있었다.

마음이 오직 착하시기만 한 상왕(정종대왕)은, 옥새 없는 왕위를 이 년간을 그냥 지나셨지만, 패기만만한 현왕은 이런 허명의 왕위뿐에 만족할 수가 없으시기 때문에, 문안을 겸하여 옥새를 달라려 연하여 왕사를 함흥으로 아버님 태상왕께 보내셨다. 그러나 그 왕사는 함흥까지 가기는 가지만, 살아서 돌아오는 사람이 없이 모두 태상왕의 살 아래 애처로운 혼이 되었다.

호활하고 뇌락한 기품의 태상왕.

"하하하하."

칠십 노인답지 않은 호활한 웃음으로 이 세상을 눈 아래로 굽어보시는 듯이 마음에 아무 구애되는 일도 없으신 양으로 지내시지만, 태상왕의 가슴 깊이는 남의 헤아리지 못할 큰 근심이 숨어 있었다.

무너져가는 고려의 사직을 둘러엎고, 여기 이씨 조

선의 크나큰 기업을 세워는 놓았지만, 이 기업이 흠집이 생기지나 않을까. 아직 자리잡히지 않은 이 기업, 그 출발에 조그만 착오라도 있으면 장래에는 그것이 얼마나 벌려질지 알 수가 없을 것이다. 처음 출발을 바로 하지 않으면 안될 것이다.

그런데 이 이씨 기업의 출발에 벌써 좋지 못한 그림자가 띄었다.

돌아보건대 당신 재위시의 일이었다.

진안대군, '정종대왕', 익안대군, 회안대군, '태종대왕', 덕안대군, - 이렇게 여섯 왕자가 초후(初后) 한씨의 탄생한 분들이었다.

무안대군, 의안대군 - 이렇게 두 분이 계비(繼妃) 강씨의 탄생이었다.

여덟 분의 왕자를 거느리시고, 일국의 지존의 위에 계신 당년의 태상왕이었지만 가정적으로 매우 불쾌하고도 참담한 일을 겪으셨다.

태상왕의 전비 한씨는 태상왕이 아직 이씨 조선을 건국하시기 전에, 한낱 무장(武將)의 안해로서 세상을 떠났다. 그 뒤에 맞은 계비(繼妃) 강씨는 만고절색이 일컬을 만한 아리따운 여자였다.

태상왕은 매우 이 계비 강씨를 사랑하였다. 그러고 계비의 소생인 두 왕자, 방번 방석(즉, 무안대군과 의안대군)을 또한 유난히 사랑하셨다. 사랑하는 이의 몸에서 난 왕자며 그 위에 또 아직 어린애니까 사랑하시는 것이 당연하였다. 이 유난히 사랑하시는 점을, 좀 다른 의미로 본 사람에, 왕비 강씨와 총신 정도전(鄭道傳) 남은(南誾) 등이며 전비 탄생의 방원 등이 있었다.

비 강씨며, 정, 남, 등은 왕(지금의 태상왕)께서 계비 탄생의 두 아드님을 유난히 사랑하시는 점을 이용하여 계비 탄생인 방석(芳碩)을 세자(世子)로 책봉하게 하도록 운동을 하였다.

이 밀모가 비밀히 진행되는 동안, 눈치 빨리 이 기수를 챈 사람은, 전비 탄생의 제오 왕자 방원(후의 태종대왕)이었다.

제오 왕자 방원- 성미가 괄괄하고 그 패기며 야심이 만만한 인물인 방원은, 이씨 조선의 공에 있어서는 내부(乃父)인 태조보다도 오히려 더 많다 할 수 있는 인물이었다.

아직 고려조에 신사하던 시절의 이 시중(李時中)이 유예미결하는 일이 있을 때마다- 아버지를 격려하고 충동

하여, 드디어 이씨 건국의 대사업을 성취케 한- 건국 제일 공자였다. 주저하는 아버님을 격려하여 고려 충신 정몽주를 선죽교 위에서 박살한 것도 방원이었다. 주저하는 아버님을 뒤받쳐서 수창궁에 즉위케 한 것도 방원이었다.

이만치 이씨 조선 건국에 있어서 제일 공을 가지고 있는지라, 아버님 왕만 퇴위하시면 당연히 자기가 그 위를 잇게 될 것으로 굳게 믿고 있었으며, 정식으로 세자의 책봉은 받지 않았지만 세자로 자처하고 있었다.

그런데 여기 의외에도 자기와는 배다른 동생되는 방석(芳碩)을 끼고 어떤 밀모가 진행되는 듯한 눈치를 볼 때에, 그는 이를 묵과할 수가 없었다. 이리하여 이씨 조선 개국초에 벌써 왕족끼리의 살육이라는 불길한 사건이 일어났다. 방원은 자기를 도우려는 몇몇 신료의 무장을 인솔하고 적대편인 정도전 남은 등의 무리를 모두 죽이고 그 위에 나아가서는 자기의 이복 동생되는 방번 방석까지 죽여 버렸다.

- 이것이 소위 '방석의 변'이라는 것이다.

개국 벽두에 생긴 이 참변에 태조께서는 크게 깨달은 바가 있었다.

이씨 조선의 만년지계를 도모하려면 먼저 왕위계승

의 순서를 세워야겠다.

왕위는 왕의 맏아들이 이을 것, 맏아들이 일찌기 없었으면 왕장손이 이을 것, 왕장손도 없는 경우에 한해서, 연장자의 순서로 왕자 중에서 왕위를 이을 것. 이러한 순서를 세워놓지 않으면 왕위계승 문제 때문에 이씨 자손은 대대로 다툼이 끊일 날이 없을 것이다.

왕도 사람인 이상에는 어찌, 많은 아들 중에, 특별히 귀여운 자식과 미운 자식이 없지 않으랴. 왕자들도 사람인 이상에는 반드시 맏아들이 공이 크고 작은 아들이 공이 적게는 될 수 없을 것이다. 그러나 이 애증의 염을 초월하여, 공의 유무를 막론하고, 출생의 순위로써 왕위를 계승한다는 철칙을 일찍부터 세워둘 필요가 있다.

이리하여 태조는 황황히 당신의 생존한 왕자 중의 맏되시는 방과(芳果)에게 선위를 하시고 당신은 개경으로 다시 함흥으로 피하신 것이었다.

그러면서도 그래도 마음에 걸려서 안심이 되지 않는 것은, 다섯째 아드님 방원의 너무도 큰 야심과 패기였다.

왕위를 떠나 상왕이 되셔서 함흥으로 떠나실 때에도 이것이 그냥 근심스러워서 상왕은 방원을 조용히 부르셨다. 그리고,

"형왕을 도와라. 아직 자리잡히지 않은 이 사직을 보전하기에는 형왕은 너무도 착하다. 네가 도와라. 너밖에는 도울 만한 사람이 없다."

고 타이르셨다.

이때의 방원의 대답은 무엇이었던가?

"네…"

하고 대답은 하였다. 그러나 분명히 불쾌한 안색이었다. 형이 이 사직을 지킬 만한 능력이 없음직하면 왜 제게 물려주시지 않았읍니까 하는 듯한 태도였다.

상왕은 알아보셨다. 알아보시고 속으로 몸서리쳤다.

상왕이 신왕에게 옥새를 전하시지 않고 그냥 가지고 가셨다는 점을 안 것은, 상왕이 벌써 함흥에 도착하신 뒤의 일이었다.

상왕은 옥새를 가지고 가셨다. 선위를 하면 당연히 신왕께 전해야 할 옥새를 상왕은 그냥 가지고 가신 것이었다.

옥새 없이는 선위를 못하는 것 - 이번에 신왕에게는 선위를 하였지만, 이 신왕은 자유로이 선위를 못하시리라 하시는 상왕의 심려였다. 당신만 함흥으로 가시면, 방원은 반드시 이 착하신 형왕을 육박하여 방원 자기를 세자로 책봉케 하고, 그 뒤에는 또 형왕을 육박하여 퇴위케 하고, 방원 당신이 설 것을 짐작하신 상왕은, 옥새를 가지고 가셔서, 이런 자유를 금하시려는 수단으로, 신왕께 전수하시지 않은 것이었다.

그러나 이 상황의 계획도 수포로 돌아갔다. 옥새가 없으니 정식 공문으로는 수수가 되지 않을 것이지만, 실제의 왕위 수수는 옥새 없이라도 하리라는 점을 상왕은 잊으셨다.

상왕이 함흥으로 가시기가 바쁘게 서울서는 왕사가 함흥에 뒤따랐다. 그리고 방원이 세자로 책립되었다는 것을 상계하였다.

상왕은 벌컥 노염을 내셨다-.

"그런 세자는 나는 모른다. 왕 전하께는 왕자가 있지 않으냐"

그 뒤를 연하여 세자책봉의 국서에 어새를 눌러야 할 터이니, 옥새를 보내주십샤 하는 왕사가 이르렀다.

"모른다, 몰라. 그런 세자는 나는 모른다."

상황은 버티셨다.

그러나 이때 상왕은 분명히 직각하셨다. 이후 대대로 왕위 계쟁 때문에 유혈극이 반드시 일어날 것을…

일 년이 지난 뒤에, 왕은 퇴위하시고 세자 방원이 등극하셨다는 왕사가 함흥 본궁에 오게 되었다. 옥새 없이도 왕위는 변동이 된 것이다.

이리하여 아직껏의 상왕은 태상왕이라는 존호를 받게 되시고, 왕은 상왕이 되시고 방원이 신왕이 되셨다. 즉, 태종대왕이시다.

한낱 허수아비와 같은 옥새를 붙들고 혼자 버티시던 상왕(인제는 태상왕)은 이 일에 드디어 격노하셨다.

공으로 보아서, 역량으로 보아서, 인심으로 보아서, 또는 기품으로 보아서, 여러 모로 뜯어보든간, 왕의 자격에 일 점의 부족도 없는 신왕이지만, 이씨 장래의 영원지책으로 보아서 이 몸서리칠 일에 태상왕은 너무도 불쾌하시기 때문에 그 보도가 이른 뒤 한동안은 수라도 잘 받으시지 못하였다.

"고약한- 고약한-"

연방 불쾌하신 듯이 이렇게 말씀하시며 침을 허투루 배앝으시고 하였다.

그 뒤부터 소위 후세에 이르는 바 함흥차사의 사건이 생겼다.

이 불충, 불효, 부제의 신왕을 좋이 볼 수가 없으신

태상왕은 신왕을 왕이라 보시지 않았다.

형왕의 위를 물려받으신 신왕은, 당신의 이 지위를 정식으로 고정케 할 필요상 옥새를 가져 와야겠으므로, 연하여 문안사를 함흥 본궁 태상왕께 보냈다. 그러나 태상왕은 그 문안사를 한 번도 만나 보시지 않았다.

멀리서 말을 달려서 오는 인물의 일행이 벌써 서울서의 문안사로 짐작되시면, 곁에 상비해 둔 활로써 쏘아서 문안사가 궁문에까지도 이르러 본 적이 없었다.

"하하하하"

문안사를 활로 쏘아서 거꾸러뜨리신 때마다 태상왕은 시신들 앞에서는 호활한 웃음으로써 그 내심뿐은 감추시고 하셨지만 벌써 칠순이 가까운 움직이기 쉬운 마음은 매우 괴로우셨다.

"또 한 놈!"

그러나 서울 계신 왕은 마치 태상왕과 경쟁을 하시자는 듯이, 돌아올 길 모르는 문안사를 그냥 연하여 보내셨다.

"-아직도 뉘우칠 줄을 모르고- 아아, 이씨도 오래 가지 못하겠구나."

홀로 자리에 드셔서 멀리 서울 일을 생각하시며, 또

는 지나간 해의 장쾌하던 기업을 회상하실 때에는, 이 늙으신 영웅의 눈에서도 하염없이 눈물이 흐르고 하였다.

태상왕의 이 원대하신 심사는 모르고 문안사를 없이할 때마다 '왕보다도 더 높은 이'의 직신이라고 멋없이 기뻐들하는 시신들을 보실 때에는, 더욱 적막감과 불쾌감을 금하실 수가 없었다.

이러한 가운데서 지나시는 세월은 일 년 또 일 년-.

신왕도 태상왕께는 친 아드님. 왜 부자지간의 정애야 없으랴. 더우기 이씨 조선 건국의 제일 공을 가지신 신왕이시매 신임하시는 생각인들 왜 없으랴.

그러나 오래 이 세상에 살아 계시기 때문에 얻으신 많은 경험으로 미루어, 사사로운 사랑이나 의리보다도 더 큰 곳을 바라볼 때에, 믿지 않은 사람을 믿게 안 보실 수가 없고, 싫지 않은 사람을 책하시지 않을 수가 없으셨다.

이렇듯 보내는 문안사마다 모두 태상왕의 노염을 차서 참변을 보고하는지라, 왕께서도 좀더 생각해 보시고 사신의 인선(人選)에 좀 유의하셔서, 태상왕의 이전 고려조 신사(臣仕)시대에 친교가 있던 성석린(成石璘)을 뽑아 보내보셨다.

성석린은 이전에 태상왕과 친교가 있더니만치 살끝

196

의 고혼됨은 면하였지만, 태상왕의 맘을 풀게 하지는 못하였다.

이리하여, 서울 왕궁과 함흥 태상 왕궁의 새에는, 돌아올 길 없는 차사만 연하여 오고 또 오고- 날이 가고 달이 가고 해가 가도 같은 일이 헛되이 반복 또 반복될 뿐이었다.

판승추부사(判承樞府事) 박순(朴淳).

대궐에 있어서 태상왕과 왕의 새에 이런 불상사가 뒤를 이어서 생겨나는 것을 볼 때에, 이 의에 깊은 재상은 이 일을 그냥 볼 수가 없었다. 그래서 그는 왕께 자칭하여 함흥까지 사자로 가기로 하였다.

가면 십중팔구는 못 돌아올 몸임을 모르는 바가 아니로되, 임금과 나라를 위하는 적성으로 그는 늙은 몸의 마지막 봉사를 하려 억지로 왕의 윤허를 얻어가지고, 함흥으로 길을 떠났다.

육로 수로 천여 리. 함흥까지 이르러서 멀리 행재소가 보일 만한 곳에서 박순은 하인들도 모두 떨구었다. 그리고 스스로 어미말 한 마리와 새끼말 한 마리를 끄을고 행재소로 향하였다.

바라보매 멀리 행재소 누각에 앉아서 담화를 하고

있는 몇 개의 인물. 그 가운데 중심이 되어 있는 인물은, 일찌기는, 여조(麗朝)에서 동료로 지냈고, 그 뒤에는 같이 힘을 아울러서 이 나라를 개척한 뒤에, 처음에는 상감으로서 다음에는 상왕으로서 지금은 태상왕으로서, 한결같이 자기의 경애의 염을 바쳐서 마지않는 그 노우(老友)임에 틀림이 없었다.

행재소에서 이 박순을 발견한 모양이었다. 이 근처에서 보기 쉽지 않은 높은 관원을 발견한 행재소에서는 모두들 박순의 편을 주의하고 있다.

이것을 보고 박순은 길가 나무에 끌고 오던 새끼말을 비끄러 매었다. 그리고 어미말만 끄을고 행재소 정문으로 향하야 길을 더듬었다.

"전하!"

여러 해만에 옛날 벗의 앞에 꿇어 엎드린 박순.

'전하'의 한 마디 밖에는 말이 막혀서 나오지를 않았다. 눈물만 비오듯 쏟아졌다.

그때에 저편에서 들리는 기괴한 소리. 돌아보니 행길에 남기고 온 새끼말이 어미를 찾느라고 부르는 애호성이었다.

행재소 안뜰에 매어둔 어미말도, 제 새끼의 애호성

에 마음 안 놓이는 듯이 연방 귀를 기웃거리며 발로 땅
을 긁으며 부시럭거렸다.

"원로에 어떻게 오셨소?"

옛 벗에게의 태상왕의 음성도 부드러웠다.

"네이. 전하, 승후치 못한 지 사오(四五) 성상-"

말을 더 계속할 수가 없었다. 차차 더 요란스러워 가
는 새끼말 어미말의 애호성에, 이 행재소는 때아닌 전쟁
이 일어난 듯하였다.

"저게 뭐냐"

태상왕이 이 너무나 요란한 소리에 근신들에게 이렇
게 물으실 때에 박순이 대신으로 대답하였다.

"전하, 신의 죄로소이다. 신이 끌고 오던 새끼말을 행
길에 버려두었더니, 새끼는 어미를 찾느라 어미는 새끼를
찾느라, 이렇듯 요란한가 보옵니다. 미물이나마 모자지정
은 인간과 다름이 없는가 보옵니다."

힐끗 쳐다보매 태상왕의 한순간 찌푸리시는 눈살.
동시에 용안 전체를 스치고 지나가는 처량한 기색-.

박순은 행재소에 수일간 묵었다. 그러나 이 노련한
유세객(遊說客)은 한 번도 직접 태상왕께 대하여 신왕을
관대히 보시라고는 여쭙지 않았다. 기회있는 때마다 빗걸

어 두고 어버이와 자식간의 정애는 끊을 수가 없음을 내
비친 뿐이었다.

태상왕은 마음으로 신왕을 밉게 보시는 것이 아니
었다. 칠십 만로(晩盧)이 신 태상왕이요 그 위에 그의 전
후비를 통하여 여덟 분이나 두셨던 왕자 중에, 맏아드님
진안대군은 잠저(潛邸) 시에 벌써 돌아가시고, 회안 무안
의안의 삼대군은 모두 정치상 알력으로 참화를 보시고,
겨우 남아 계신 분이 세 아드님이시매, 미울 까닭이 없으
셨다. 단지 순서없이 왕위에 오르신 점을 아름답지 못하
게 보신 뿐이었다.

박순이 묵어 있을 동안, 태상왕은 할 수 있는 대로
박순과 단 둘이 계실 기회를 피하셨다. 이 오랜 벗을 만
나시기가 괴로우셨다. 인정과 도리가 서로 어그러질 때에
어느 편을 취하실지 매우 주저하셨다.

수일 후에 박순은 도로 서울로 길을 떠났다. 그때는,
박순도 태상왕의 마음이 얼마만치 돌아서게 되신 것을
보았다. 자기가 이만치 마음이 돌아서시게 하였으니, 이
뒤 누구 한 사람만 더 와서 회가하시기를 청하면 넉넉히
응하실 만한 자신을 얻었다.

행재소 뜰 아래, 박순이 하직하고 떠날 때에 태상왕

은 무연히 박순을 보내셨다.

"서로 늙은 몸, 언제 다시 만날는지…"

"전하는 만수무강 하시리라. 신은 벌써 노쇠했으니깐, 앞서서 황천에 갈밖에는 없겠읍니다."

한때는 고려조의 친구로서 서로 손을 맞잡고 일하던 이 두 노인은 주종으로서의 마지막 하직 인사를 주고받았다. 그리고 이것이 진실로 마지막 하직의 길이 될 줄은 태상왕도 뜻도 못하셨고 박순도 몰랐다.

박순이 행재소 밖으로 사라지매 태상왕의 시신들은 모두 태상왕께 박순 죽이기를 청하였다.

태상왕께서 왕사(王使)는 모두 죽여버리는 그 깊은 속사정은 모르고, 단지 '왕사는 죽인다'하는 사실만 인식할 줄 아는 시신들은, 서로 공을 세우기 위하여 박순을 죽이기를 태상왕께 청한 것이다.

창연한 심사로써 박순을 보내신 직후에, 시신들에게 이런 청을 받으시는 태상왕은, 심중 매우 곤란하였다. 일단 세웠던 법을 이유없이 다시 거두는 것은 왕법을 흐리게 하는 일, 그렇다고 태상왕은 이 노우뿐은 결코 죽이고 싶지 않으셨다.

이 난문제에 직면해서 태상왕은 한참을 대답없이 계

셨다. 그러다가 비로소 물으셨다.

"누가 갈테냐?"

누가 박순을 죽이러 가겠느냐는 질문이셨다.

"신이."

"신이 가겠읍니다."

제각기 공을 세우려고 덤벼드는 시신들을 태상왕은 딱하신 듯이 보셨다.

이 근신들에게 졸리시기를 얼마.

얼마를 졸리신 뒤에 태상왕은 부득이 이를 허락하시지 않을 수가 없었다. 그러나 시간으로 따져 보아서 이만 때쯤이면 박순은 넉넉히 용흥강(龍興江)을 건너 갔을 때였다.

"강을 벌써 건넜거든 내버려 두어라."

칼을 사자에게 내어 주시며 태상왕은 이렇게 명하시면서, 마음으로는, 늙은 친구여 어서 무사히 강을 건너라고 심축하여 마지 않으셨다.

그러나 그때까지도, 박순은 아직 강을 건너지 못하고 있었다. 도중에 갑자기 몸이 고장이 생겨서 길이 늦어지기 때문에, 칼을 받은 사신이 박순을 따라 뒤미친 때는 박순은 그 발을 겨우 나루에 옮기려 할 때였다.

"박순시 반재강중 반재선(朴淳屍 半在江中 半在船)"

이라고 개가를 부르며 사신이 돌아와서 태상왕께 복계할 때에, 태상왕은 신하들 앞에서는 그 눈치를 안 보이셨지만 곧 외딴 방으로 몸을 피하셔서 우셨다. 짧지 않은 세월을 동고동락을 하던 벗을, 당신의 손으로 죽이시지 않지 못한 그 괴상한 운명을, 목을 놓아 통곡하셨다.

그러나, 박순의 죽음은 결코 헛된 죽음이 아니었다. 박순의 죽음으로 말미암아 태상왕은 남환하실 뜻을 결하였다.

첫째로는 밉기는 밉지만 또한 당신의 몇 분 왕자 중에 가장 걸출하신 신왕의 왕자(王者)적 태도도 보고 싶으셨고,

둘째로는 당신이 세우신 이 기업이 얼마나 착착 얼마나 자리잡혔는가, 정치의 중심지인 서울에서 이 점을 관찰도 하고 싶으셨고,

넷째로는 이리하여 늙은 친구의 혼으로 하여금 원을 풀게 하여주고 싶고, - 이리한 여러 가지의 이유 아래서 인제 다시 그럴듯한 핑계만 생기면 환경하시기로 내정하셨다.

이런 때에 무학사(無學師)가 또한 왕명으로 함흥 행

재소에 오게 되었다.

　일찌기 태조 건국 초에 그 도읍하실 곳을 정치 못하여 고달산 초암(高達山 草庵)에 도를 닦고 있던 고승 무학에게 정도할 땅을 선택케 하였다. 무학은 여러 곳 지형을 살펴보고, 한양을 '以仁王山作鎭面白岳南山左右龍虎[이인왕산작진면백악남산좌우용호](인왕산을 진을 삼고, 백악과 남산으로 좌우 용호를 삼는다)'하여 정도할 곳이라 하였다. 이리하여 무학의 뜻을 받아서 한양에 정도하신 이래로 신임 깊으신 무학을 왕은 태상왕께의 문안사로서 보내게가 되었다.

　태상왕은 뜻 안한 무학대사의 내방을 반가이 맞으셨다. 그러나, 반가이 맞으시면서도 첫 번 물으신 말씀이 이것이었다ᅳ

　"대사도 또 유세(遊說)하러 왔소?"

　거기 대하여 무학은 빙그레 웃었다ᅳ

　"전하를 안 지 수십 년, 지금 한거해 계시는 전하의 심심 파적이라도 해드릴까 하고 왔읍니다."

　수십 일간을 행재소에 묵을 동안, 무학은 태상왕에 대하여 신왕의 결점만 들추어 내었다. 여사여사하니 이도 왕의 잘못이요, 여사여사하니 이도 왕의 과실이라고,

왕의 결점만 들추어내었다. 그러면서도 태상왕의 동정만 살폈다.

그러면서 관찰한 결과로, 무학은 태상왕이 신왕의 결점만 말하는 것을 결코 좋아하시지 않는 점을 발견하였다.

십여 일간을 두고 이 점을 상세히 관찰한 뒤에 어떤 날 저녁, 조용한 기회를 타서 무학은 태상왕의 앞에 꿇어 엎드려 탄원하였다.

"전하. 전하의 세우신 기업이 지금 위태롭습니다. 이제 바로 잡지 않으시면 일껏 세우신 위대한 기업이 허사로 돌아갈까 빈도는 근심하옵니다."

"대사, 그게 무슨 말씀이오?"

이렇게 물으시는 말씀에 대하여 무학은 눈물을 흘리며 복주했다.

"전하. 모(某-신왕을 가르킴)가 죄가 많음은 빈도도 모르는 바가 아니로소이다. 그러나, 전하는 못 살피시나이까? 전하의 제(諸)왕자는 모두 진하옵고 오직 지금 모 한 분만 남아 계시지 않습나이까? 상왕 전하(정종)께는 적출 왕자가 안 계시옵고, 익안대군은 명민치 못하시옵고, 오직 이 한분이 계시지 않으나이까? 이 분마저 전하께서

205

버리시면, 전하 평생신고의 대업을 장차 뉘게 부탁하려 하옵니까? 타성(他姓)에게 이 대업을 건네 주시느니보다는, 미우시지만 전하의 혈육께 전하시는 편이 옳지 않나이까? 지금 사직은 정했다 합지만 아직 기초 든든치 못한 이때, 전하의 삼사(三思)를 원하는 배옵니다."

이 무학의 충간에 대하여, 태상왕은 아무 대답도 안 하셨다. 눈을 푹 감으시고 고요히 앉아 계신 뿐이었다.

그러나, 미리부터 환경하시기를 내심으로 작정하셨던 일이라, 무학의 청을 기회삼아 오래 떠나 계시던 한양으로 다시 돌아가시기로 하셨다.

그 뒤에도, 수일간을 무학이 두고두고 권할 때에 태상황은 마지못하시는 듯이 환경의 노부를 준비하라고 시신에게 명하셨다.

이리하여, 태상왕은 옥새를 친히 몸에 지니시고, 아드님 왕께 이를 전하시려, 무학대사와 함께 함흥 본궁을 떠나서 한양으로 돌아오셨다.

폭풍우 속으로

그의 소설들은 빈궁을 소재로 하여 가난 속에 허덕이는 사람들의 이야기가 주류를 이룬다.

최서해 지음_ 150쪽_ 10,000원

메밀꽃 필 무렵

사실주의와 낭만주의가 혼합된 독특한 문체로, 서정적이면서도 섬세한 인간 심리의 묘사가 특징적이다.

이효석 지음_ 180쪽_ 13,000원

날개

그의 소설들은 현실과 비현실의 경계를 허물며, 초현실적이고 환상적인 세계를 보여주며, 비논리적이고 모호한 요소들이 많이 등장한다.

이상 지음_ 180쪽_ 13,000원

운수 좋은 날

그의 소설들은 사회적 부조리와 인간의 고통을 직시하는 요소들이 많이 등장하고, 현실주의 문학의 새로운 지평을 열었다고 평가받고 있다.

현진건 지음_ 180쪽_ 13,000원

감자

그의 소설들은 한국 근대문학의 성격을 현대문학으로 전환시키는 데 기여하였으며 그의 작품은 사실주의 문학의 새로운 지평을 열었다고 평가받고 있다.

김동인 지음_ 180쪽_ 13,000원

함께 읽으면 좋은 **다온길의 책**

레디메이드 인생

그의 소설들은 일제강점기 시기의 모순과 부조리를 예리하게 파헤치며, 사회적 억압 속에서 살아가는 인간의 다양한 모습을 그려냈다.

채만식 지음_ 178쪽_ 13,000원

벙어리 삼룡이

그의 소설들은 일제강점기 시대 사회적 억압 속에서 살아가는 인물들의 삶을 섬세하게 그려내며, 당대의 부조리를 직시하고 고찰하는 새로운 접근 방식을 제시한다.

나도향 지음_ 180쪽_ 13,000원

봄봄

그의 소설들은 일제강점기 시대의 사회적 불평등 속에서 살아가는 서민들의 삶을 사실적으로 묘사하면서도, 그 고단한 현실을 유머와 인간미로 승화시킨다.

김유정 지음_ 196쪽_ 13,500원

꺼래이

그의 소설들은 시대적 불평등과 구조적 폭력에 내몰린 사람들의 삶을 날카롭게 포착하면서도 그 안에 깃든 인간적 고뇌와 따뜻한 감정을 잔잔한 서정으로 담아낸다.

백신애 지음_ 220쪽_ 14,000원

원앙의 꿈

그의 소설들은 일제강점기라는 억압적인 현실을 배경으로 하면서도 개인의 내면과 관계의 균열에 집중하며, 삶의 고단함과 인간적 연민을 조용하고 따뜻하게 그려낸다.

심훈 지음_ 220쪽_ 14,000원